伊索寓言

AESOP'S FABLES

經典選讀版

淬鍊兩千年的人性觀察室

伊索——著
謝靜雯——譯

維納斯和貓

兩個鍋子

庸醫青蛙

旅人和梧桐樹

月亮和她母親

樅樹和刺藤

樹木和斧頭

獅子、朱庇特和大象

碰上船難的人和大海

兔和龜

蚊蚋和獅子

螃蟹和牠母親

黑人

目錄

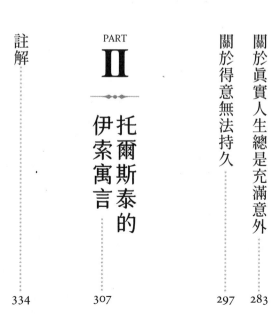

編輯室說明

伊索寓言歷經兩千多年，流傳甚廣，影響力遍及全球各個角落。也因此版本眾多，甚至有些故事是否出自伊索已不可考，但它們都承襲了伊索的精神，共通點是以動物為主角的小故事，活靈活現地展現生活中某個場景的縮影，絲毫不減閱讀寓言的樂趣與省思。

但也因伊索寓言版本眾多，有許多故事十分類似，本書選錄了其中較具代表性的故事近三百則，不必花費太大力氣即可掌握伊索寓言的精髓。某些寓言後也會附上原始的寓意（並非每個故事都有），原汁原味呈現代代相傳的智慧。此外，也依照現代人需求將故事大致分類，與生活場景更加貼合。

書中也收錄俄國文豪托爾斯泰（Leo Tolstoy）編譯的伊索

寓言近五十則。除了享譽世界的文學名著《戰爭與和平》、《安娜．卡列尼娜》，托爾斯泰因為對教育和閱讀的熱愛，也編寫了給孩子們看的童話與寓言故事。出身貴族世家的托爾斯泰對農民的生活很是關心，而這些農民大多是文盲。他曾在自己的莊園裡建了一所學校為農民的孩子提供基礎教育，在解放農奴後，他自己也有了孩子，便創作且引進童話及寓言故事，用於推廣孩子們的閱讀。

不同於他的大部頭作品，托爾斯泰的寓言故事大多簡潔明瞭，可以看到他為了普及教育的用心。托爾斯泰編寫的伊索寓言，不僅在篇幅上更加精鍊，有些故事也做了改寫，更在地化，符合俄國人民的生活背景，盡可能弭平文化差異。藉由文學名家的妙筆生花，能見到即使幾千年過去，這些動物劇場中傳遞的智慧，依然在我們的生活中受用無窮。

PART I 伊索寓言

關於位置決定腦袋

賊和公雞

幾個賊闖進了一棟房子，發現除了公雞沒什麼值得偷的東西，於是他們隨手將公雞帶走。他們正要準備晚餐的時候，其中一人追上了公雞，準備扭斷牠的脖子。這時公雞哭喊求饒，並說：「求求你們別殺我，你們會發現我是很有用的小鳥，因為我一大清早就會啼叫，要誠實的男人起床工作。」

但那個賊有點生氣地回答：「是，我知道你會，害我們更難營生。你就進鍋子裡去吧！」

兔子和青蛙

兔子有一次聚在一起，悲嘆牠們的不幸命運，說牠們暴露在來自四面八方的危險之中，卻沒有力量和勇氣可以抵禦。人類、狗、鳥和捕食者都是牠們的敵人，天天殺害吞食牠們；牠們不想再承受這樣的迫害，決定了斷自己悲慘的生命。

兔子走投無路，痛下決心，集體衝向附近的水池，打算溺斃自己。

池邊坐了幾隻青蛙，聽到兔子奔跑的噪音，拔腿就跑，全都縱身躍入水裡，躲在水深之處。

接著有隻年紀較大、更有智慧的兔子對著同伴喊道：「停下腳步，我的朋友，振作起來，咱們不要自我了斷了。看，還有生物會怕我們，牠們肯定比我們還膽小。」

男孩和青蛙

幾個調皮的男孩正在水池邊緣玩耍，看到淺水裡有幾隻青蛙在游泳。

男孩開始用石頭丟青蛙自娛，有好幾隻青蛙命喪石下。

最後有隻青蛙從水裡探出頭並說：「噢，住手！快住手！我求你們。對你們來說是消遣，對我們來說是死路。」

青蛙抱怨太陽

從前從前，太陽正準備替自己找個妻子，眾青蛙大驚失色，對著穹蒼放聲大叫，噪音吵到了朱庇特[1]。朱庇特問青蛙到底在叫些什麼。

青蛙回答：「太陽單身的時候，用他的熱氣，烘乾我們的溼地，這已經夠糟糕的了。要是他結了婚，生下別的太陽，我們會有什麼下場？」

母山羊和牠們的鬍子

朱庇特在母山羊的要求下，賜贈了牠們鬍子，讓雄山羊滿心嫌惡，認為這種作法很不正當，侵犯了牠們的權利和尊嚴，於是派出代表團去找朱庇特，對祂的行動表達抗議。

不過，朱庇特奉勸雄山羊不要反對這件事，並說：「一簇毛髮算得了什麼？母山羊想要就給牠們。就力氣來說，牠們永遠比不上你們。」

旅人和他的狗

一個旅人正準備踏上旅程，對正在門邊伸懶腰的狗說：「來吧，你還在打什麼哈欠？加快動作準備好。我希望你跟我一道走。」

可是，狗只是搖搖尾巴，小聲說：「我早就準備好了，主人，是我在等你。」

獅子和老鼠

在獸穴裡睡覺的獅子被爬過臉上的老鼠吵醒。獅子脾氣一來，用腳掌逮住老鼠，準備殺了牠。

老鼠嚇壞了，可憐兮兮求獅子饒命，喊道：「請放我走，總有一天我會報答你的恩情。」

獅子想到這麼微不足道的生物要替牠做任何事情，不禁哈哈笑，和善地放走了老鼠。

但老鼠的機會終究來了。有一天獅子被獵人架設的網子纏住了，老鼠聽到並認出獅子憤怒的咆哮，跑了過來。

事不宜遲，老鼠立刻咬起繩索，不久便成功放獅子自由。老鼠說：「喏！我當初答應要報答你，你還笑我呢。可是現在你瞧，連老鼠都幫得了獅子。」

男人和獅子

男人和獅子結伴踏上旅途，聊啊聊著，雙方開始吹噓起自己的本事有多大，聲稱以力氣和勇氣來說，自己比對方更勝一籌。

他們來到十字路口，那裡有座雕像，是男人正要勒死獅子。

男人神氣無比地說：「喏！瞧瞧那個！那不就證明我們人類比獅子更強大嗎？」

獅子說：「別急著下定論，我的朋友，那只是人類的看法。要是我們獅子可以製作雕像，可以確定的是，在大半的雕像裡，屈居下方的會是人類。」

每個問題都有兩面。

驢子和狗

驢子和狗一起踏上旅程，途中在地上發現一個封起的包裹。

驢子撿起來，打開封緘，發現裡頭寫了些字，於是大聲朗讀給狗聽。

驢子讀了下去，結果全跟草、大麥、乾草有關——簡而言之，全是驢子喜歡的糧秣。

狗聽這些東西覺得無聊至極，最後不耐煩嚷嚷：「跳過幾頁吧，朋友，看看有沒有關於肉和骨頭的內容。」

驢子瀏覽了整份東西，完全沒有那類的訊息，於是如實說了。

接著狗嫌惡地說：「噢，那就扔掉吧，拜託，那種東西有什麼用啊？」

豬和綿羊

豬走進了一群綿羊吃草的地方。牧羊人一把逮住了豬，準備將牠帶到屠夫那裡。

豬放聲尖叫、死命掙扎，一心想要脫逃。綿羊因為豬喧鬧不停而責罵牠。「牧羊人經常抓住我們，像那樣把我們拖走，我們都不會大驚小怪。」

豬回答：「不，我想你們是不會。可是我們的狀況完全不同啊，他只想要你們身上的羊毛，卻想拿我做成培根。」

農夫和鸛

農夫最近才在田裡播下麥子，並架設了陷阱，好抓住過來撿拾種籽的鶴。

他回來檢查陷阱時，發現逮到了好幾隻鶴，當中有隻鸛，鸛請求農夫放牠走，說：「你不該殺掉我，我不是鶴，而是鸛，你從我的羽毛就可以輕易看出來。我是鳥類裡最誠實無害的。」

但農夫回答：「你是哪種鳥，對我來說毫無影響。我在毀掉我穀物的這些鶴裡找到你，你跟牠們一樣都得受罰。」

獨眼公鹿

瞎了隻眼的公鹿正在海岸附近吃草，健全的那顆眼睛轉向陸地，以便察覺獵犬的動向。

牠讓瞎眼面向海洋，從不懷疑危險會從那個方向降臨。結果，有幾個水手正沿著海岸航行，瞥見公鹿，朝牠射了箭，公鹿受到了致命傷。

公鹿倒地將亡時，自言自語：「我真可憐！以為陸地才有危險，但那裡沒人對我發動攻擊；我不怕海洋會帶來風險，結果卻是奪我性命的來源。」

夜鷹和燕子

燕子和夜鶯聊天，奉勸夜鶯離開枝繁葉茂、地處隱蔽的家，來跟人類住在一起，像牠那樣，在人類屋頂的庇蔭之下築巢。

但夜鶯回答：「我以前跟你一樣，棲居在人類之中。但想到我受過多麼殘忍的虐待，讓我對人類心懷怨恨，再也不願接近他們的居所。」

鸚鵡和貓

有個人曾經買了隻鸚鵡，任牠在屋子裡自由活動。

鸚鵡對自己的自由樂不可支，飛上了壁爐橫架，盡情放聲尖鳴。噪音打攪了正在爐邊地毯上睡覺的貓。

貓抬頭望向闖入者，說：「你是哪位？又是打哪來的？」

鸚鵡回答：「你主人剛剛買了我，帶我回家來。」

貓說：「你這隻鳥也太放肆了，膽子真大，初來乍到就吵吵鬧鬧？欸，我可是在這裡出生的，這輩子都住這裡，要是我敢亂叫，他們就會拿東西砸我，追著我到處跑。」

鸚鵡說：「聽著，小姐，你儘管閉上嘴就是了。他們聽我的聲音就高興，但是你的聲音呢——完全就是噪音。」

獅子、朱庇特和大象

獅子雖然孔武有力，有尖牙和利爪，但在一件事情上很膽小：獅子無法忍受公雞啼叫，只要聽到就嚇得落荒而逃。

獅子忿忿向朱庇特抱怨，為何將牠造成這樣，但朱庇特說這不是祂的錯。祂已經盡可能為獅子著想，獅子只有這麼一個弱點，該要感到滿足才對。不過這番話未能安撫獅子，獅子對自己的膽怯感到如此愧疚，巴不得一死了之。

在這樣的心境下，獅子碰見了大象，跟大象聊上一聊。獅子注意到這頭大獸時時刻刻豎起耳朵，彷彿在傾聽什麼，獅子問大象為什麼這麼做。就在那時，一隻蚊蚋嗡嗡飛過，大象說：「看到那隻嗡嗡叫的可惡小蟲了嗎？我好怕牠鑽進我的耳朵。要是牠鑽了進去，我就完蛋了。」

獅子聽到這番話，精神大振，自言自語：「這麼巨大的象都怕一隻蚊蚋，我也不用因為害怕公雞而覺得這麼丟臉，公雞可是比蚊蚋大上一萬倍。」

狐狸和荊棘

狐狸穿過樹籬的時候，腳步一踉蹌，為了避免跌跤，試圖抓住荊棘，想當然被狠狠刮傷。

狐狸嫌惡之下，對荊棘大喊：「我希望你幫個忙，結果看看你怎麼對我！我寧可栽跟頭。」

荊棘打斷他，答說：「我的朋友，你當初伸手抓我，肯定是因為腦袋不清，因為一向是我抓別人。」

墨丘利和被螞蟻咬的男人

有個男人曾經目睹一艘船連同所有船員沉入海裡，於是嚴厲批評眾神不公不義。他說：「眾神一點都不在乎人的品格，讓好人和壞人一起受死。」

男人站的附近有個蟻丘，他講話的當，腳被螞蟻咬了，於是氣呼呼轉身面對蟻丘，狠狠踩踏，踩死了幾百隻無辜的螞蟻。

墨丘利[2]突然現身，舉杖痛打他，邊打邊說：「你這壞蛋，你的正義感現在又到哪去了？」

農夫和蘋果樹

農夫的菜園裡長了棵蘋果樹，但是遲遲不結果子，只是替燕子和蚱蜢遮擋熱氣，讓牠們可以棲坐在樹上的枝椏裡吱啾啾。

農夫對蘋果樹結不出果子感到失望，決心砍掉，於是去找斧頭來。

可是當燕子和蚱蜢看到農夫打算做什麼，便哀求他饒過這棵樹，並對他說：「你要是毀了這棵樹，我們就得轉往其他地方尋求庇護。到時你在菜園工作，就再也不會有我們的啼鳴為你帶來活力。」

不過，農夫不肯聽牠們的，開始動工，一心想砍穿樹幹。

他才劈幾下就看出這棵樹是中空的，裡面有一群蜜蜂和好多蜂蜜。這個發現令農夫喜出望外，拋開斧頭並說：「到頭來，這棵老樹還是值得留下來。」

實用是大多人對價值的檢驗標準。

小號手被俘虜

小號手跟著先鋒部隊一起上戰場，藉由氣勢磅礴的曲調替自己的軍中同袍注入勇氣。

他被敵軍俘虜之後，請求對方饒命，並說：「不要殺死我，我沒動手殺過任何人。事實上，我根本沒有武器，身上只帶了這把小號。」

可是逮捕他的人回答：「那麼我們更不能饒你一命，因為雖然你不親自上場作戰，卻激發其他人這麼做。」

三個商人

某城的公民正在辯論，為了守護城鎮的安全，用什麼材料來打造防禦工事最好。

木匠站起身，提議用木頭；他說木頭方便取得而且容易打造。

石匠反對用木頭，理由是容易著火，建議改用石材。

接著皮匠站起來說：「就我看來，什麼也比不上皮革。」

人不為己，天誅地滅。

關於抓住機會

漁夫和鯡魚

漁夫將網撒進海裡，拉起漁網的時候，裡面除了一隻鯡魚之外，空無一物。鯡魚哀求漁夫放牠回水裡。

魚說：「我現在只是一條小魚，可是總有一天我會長大，到時你再來抓我，我就能夠派上用場。」

但漁夫回答：「噢，不行，現在既然逮到你了，我就要留住你。要是我把你放回去，我還會再碰上你嗎？不可能吧！」

夜鶯和鷹隼

夜鶯照著自己的習慣，棲在橡樹粗枝上歌唱。鷹隼肚子餓了，瞥見了夜鶯，衝到那裡用爪子逮住牠。鷹隼正準備將夜鶯撕碎時，夜鶯求鷹隼饒了牠的命。夜鶯哀求：「我體型不夠大，餵不飽你。你應該找更大型的鳥類當獵物。」

鷹隼輕蔑地瞅著夜鶯，說：「你一定以為我頭腦簡單，以為我會為了目前不見蹤影、或許更好的獎賞，而放棄已經到手的獎賞。」

狗和狼

狗躺在農場院子大門前方，這時有隻狼撲向狗，正準備吃掉牠。

但狗哀求饒命，並說：「你看我多瘦，現在把我當一餐也太沒份量了。要是你願意等個幾天，我主人就要舉辦一場盛宴，到時我吃到豐盛的殘羹剩菜，就會變得白白胖胖，那時候吃我，時機正好。」

狼心想這個計畫很好，便走開了。過一陣子之後狼回到農場院子，發現狗遠遠躺在畜廄的屋頂上，高得搆也搆不著。

狼呼喚：「下來啊，當我的一餐。記得咱倆的約定吧？」

但狗冷淡地說：「我的朋友，要是下回你再逮到我躺在大門邊，就甭再等什麼盛宴了。」

上一次當，學一次乖。

貓頭鷹和鳥

貓頭鷹是很有智慧的鳥類。

很久以前，森林裡的第一棵橡樹發芽時，牠將其他小鳥全部召集起來，對牠們說：「看到這棵小樹了嗎？如果你們聽我的勸，就會趁它還小的時候毀掉它。要不然等它長大了，上頭就會出現槲寄生[3]，人類就會準備黏鳥膠來毀掉你們。」

等第一批亞麻籽播下之後，貓頭鷹又對牠們說：「去吃掉那顆種籽，因為那是亞麻的種籽，總有一天人類會用亞麻來織網逮住你們。」

後來看到頭一個弓箭手時，貓頭鷹警告小鳥，那是牠們的死敵，到時會拿牠們的羽毛來當箭矢的翎毛，然後射殺牠們。

但貓頭鷹說的話，小鳥都當做耳邊風。事實上，牠們認為貓頭鷹瘋頭瘋腦，只顧著嘲笑牠。

不過，當發生的一切正如貓頭鷹所預告，眾鳥改變了想法，變得非常敬重牠的智慧。

從此以後，只要貓頭鷹出現，所有的小鳥便隨侍在側，為了自己著想，希望多聽聽牠的意見。不過，貓頭鷹不再提供大家意見，只是悶悶不樂坐著，思索同類生物的愚蠢。

蚱蜢和螞蟻

一個晴朗的冬日，幾隻螞蟻忙著曬乾牠們貯存的穀物，因為長時間下雨，穀物變得相當潮溼。

蚱蜢走了過來，懇求螞蟻分幾粒穀物給牠。蚱蜢說：「我肚子好餓。」

螞蟻一時停下來工作，雖然這樣違反牠們的原則。牠們說：「請問一下，夏天的時候你都在做什麼？」

蚱蜢說：「其實我忙著唱歌，所以沒時間做別的事。」

螞蟻說：「如果你整個夏天都在唱歌，

那你冬天不如跳舞好了。」螞蟻輕聲笑笑，繼續忙碌。

野豬和狐狸

野豬正忙著在樹幹上磨利獠牙，這時狐狸路過，看到野豬在做什麼，便對牠說：「請問你為什麼這麼做？獵人今天沒出來，我看不出有其他危險。」

野豬回答：「確實，我的朋友，但我的生命一有危險，就必須用上我的獠牙，到時才要磨利，可就來不及了。」

關於背叛與自保

公鹿和葡萄藤

公鹿遭到獵人的追捕，躲進一片濃密的葡萄藤。

獵人追丟了公鹿，路過牠藏身的地點，卻沒意識到牠就在附近。公鹿以為危險已經過去，啃起了葡萄藤上的葉子。

獵人循原路回來時，這個動靜引起了他們的注意，其中一人認為裡頭躲了某種動物，便朝葉間射了根箭，想碰碰運氣。

結果倒楣的公鹿被一箭穿心，即將斷氣時說：「誰叫我背叛我的保護者，吃了它的葉子，我會落得這個下場是咎由自取。」

忘恩負義有時候會招來懲罰。

農夫和蝰蛇

某年冬天，農夫發現一條蝰蛇因為天冷凍僵了，出於同情，將蝰蛇撿起來，放在自己的胸口上。

暖意讓蝰蛇恢復活力，蝰蛇馬上對著恩人咬下致命的一口。

那個可憐男人不支倒地，即將死去時喊道：「是我咎由自取，竟然對這樣卑鄙的生物懷抱惻隱之心。」

對邪惡仁慈是一種浪費。

樹木和斧頭

樵夫走進森林，乞求樹木給他木料做把手。樹木的首領立刻答應這樣適度的請求，毫不猶豫送他一棵梣木的幼樹。

樵夫拿這棵幼樹做出自己想要的斧頭把手。完成之後，樵夫便開始劈砍林子裡最宏偉的樹木。

當樹木看到樵夫用它們的禮物來做什麼，喊道：「唉！唉！我們完蛋了，可是我們只能怪自己。我們才給出那麼一點東西，失去的卻是我們全部。要是當初沒犧牲梣木，我們還可能久久矗立。」

鳥、獸和蝙蝠

鳥類與獸類互相爭戰，戰況拉鋸有起有落，雙方在多場戰役裡各有輸贏。

蝙蝠並未決定跟哪一方同甘苦共患難。每當鳥類捷報連連，牠就加入鳥類的陣營裡作戰，而當獸類占上風，牠又轉移陣地加入獸類的行列。

戰爭期間，沒人特別留意蝙蝠的動向。可是一等戰爭結束、恢復和平，無論是鳥類或獸類都不想跟蝙蝠這樣的雙面叛徒扯上關係，於是直到今日，蝙蝠依然形單影隻，受到雙方所摒棄。

鷓鴣和捕鳥人

捕鳥人用網子抓到鷓鴣，正準備扭斷牠脖子，鷓鴣可憐兮兮懇求饒命，說：「不要殺我，讓我活下去，我會回報你的恩德，當誘餌將其他鷓鴣誘進你的網子。」

捕鳥人說：「不，我不會饒過你，我還是打算殺了你。經過剛剛那番背信忘義的話之後，你更是死有餘辜。」

熊和旅人

兩位旅人一起在路上，這時一頭熊突然現身。

熊看到兩個旅人以前，其中一人便衝往路邊的樹，爬進枝椏，躲在那裡。

另一個旅人身手不如旅伴靈活，既然逃不了，便撲倒在地裝死。熊走了過來，在他四周嗅來嗅去，但他屏住氣息，維持不動，因為據說熊不會碰屍體。熊以為他是死屍，便走了開來。

等危險過去以後，樹上的旅人爬下來，問另一旅人熊把嘴巴湊到他耳邊時，說了什麼悄悄話。

另一旅人回答：「牠告訴我，再也不要跟一見危險跡象就捨棄你的朋友踏上旅途。」

患難見眞情。

驢子、狐狸和獅子

驢子和狐狸攜手合作，結伴出門採集糧食。沒走多遠就看到獅子走來。牠們都很怕獅子。

但狐狸想到一個辦法可以自保，於是大膽走向獅子，對獅子耳語：「如果你保證放我自由，不用獵捕驢子，就能手到擒來。」

獅子答應了。狐狸再次與同伴會合，不久便將驢子帶往一個隱藏的坑洞，是獵人挖來捕捉野生動物的陷阱。驢子跌了進去。

獅子看到驢子注定逃不了，便先把注意力轉到狐狸身上，轉眼便將狐狸吃下肚，然後悠哉地拿驢子大快朵頤。

背叛朋友，你往往會發現也毀了自己。

驢子和騾子

某天，有個男人往驢子和騾子背上放滿貨物，然後出發上路。

道路平緩的時候，驢子走得很順，但走上山丘之後，道路變得非常崎嶇陡峭，驢子就快承受不住，懇求騾幫忙分擔，減輕牠的負重，但騾子拒絕了。

最後，在過度操勞下，驢子一個踉蹌，便從險峻的地方跌落下來，最後斷送了性命。

趕驢和騾的男人陷入絕望，只能盡力而為。他將驢的貨物添到騾子身上，另外剝下驢子的皮，披在雙重貨物頂端。

騾子險些承受不住額外的重量，痛苦地蹣跚前行，自言自語：「是我自作自受。要是當初我願意幫忙驢子，現在就不會扛著牠的貨物加上牠的皮。」

關於認知自我價值

樅樹和刺藤

樅樹向刺藤吹噓，微帶輕蔑地說：「你這可憐的傢伙，一點用處都沒有。喏，瞧瞧我，我多麼實用啊，可以用在各種東西上頭，尤其在人類打造房子的時候。他們不能沒有我。」

不過，刺藤答說：「啊，這樣是很好啦，可是等他們拿著斧頭和鋸子過來要砍倒你的時候，你就會希望自己是刺藤而不是樅樹了。」

貧困但無憂無慮，勝過富有但職責衆多。

橡樹和蘆葦

生長在河岸的一棵橡樹被強風連根拔起，拋過了河流。橡樹最後落在水邊生長的蘆葦之間，對蘆葦說：「你們這麼脆弱細長，竟然可以順利熬過風雨，而我力大無窮卻被連根拔起，拋進了河裡，怎麼會這樣呢？」

蘆葦回答：「你很頑強，和風雨直面對抗，結果風雨證明自己比你更強。可是我們連面對微風都會低頭屈服，所以即使有強風吹過腦袋上方，我們依然毫髮無傷。」

Arthur Rackham 1912

孔雀和鶴

孔雀嘲笑鶴的羽色單調乏味。孔雀說：「瞧瞧我羽毛的鮮亮色彩，比你的可憐羽毛細緻多了。」

鶴說：「我不否認你的羽毛比我的鮮豔許多，可是說起飛翔，我可以展翅翱翔到雲端，你卻只能像公雞一樣，留在地面上離不開。」

橄欖樹和無花果樹

橄欖樹嘲笑無花果樹，一年當中有某個季節會失去葉子。

橄欖樹說：「你啊，每年秋天都會失去樹葉，渾身光禿禿，直到隔年春天。可是你瞧，我整年綠意盎然、蒸蒸日上。」

不久下了場大雪，落在橄欖樹的葉子上，壓得橄欖樹直不起腰，最後啪嚓折斷。可是雪花卻穿過無花果樹的光裸枝椏，無花果樹毫髮無傷活了下來，後來又收成了許多次。

水池邊的公鹿

公鹿口渴了，到水池那裡喝水。

牠朝水面彎身的時候，在水裡看見自己的倒影，對雄偉開展的鹿角湧起欽佩之情，同時卻對虛弱修長的四腿感到嫌惡。

牠站在那裡顧影自盼，結果被獅子撞見，遭受了攻擊。

在後來的追逐裡，公鹿很快便擺脫了追獵，在開闊無樹的地面上一路領先。

但是來到樹林時，牠的頭角卻卡在枝椏之間，最後在敵人牙爪齊攻之下遭害。

公鹿臨終前以最後一口氣喊道：「真悲傷！我當初瞧不起可能救我一命的腿，卻為了頭角沾沾自喜，最後頭角成了我毀滅的原因。」

最有價值的往往最不受重視。

孔雀和朱諾

孔雀沒有夜鶯那樣美麗的歌喉，因此非常不滿，去找朱諾[4]抱怨這件事。

孔雀說：「所有的小鳥都羨慕夜鶯的歌喉；可是我只要發出聲音，就會淪為笑柄。」

女神試圖安慰牠，說：「確實，你的歌喉沒有特出之處，但在美貌上遠勝其他鳥類。你的頸子像翡翠一樣閃亮，輝煌的尾巴有令人驚嘆的華麗色彩。」

但孔雀並不滿足，說：「有我這種歌喉，有美貌又有什麼用處？」

接著朱諾回答，語氣有些嚴厲：「有什麼樣的天分，是命運注定好的：你的是美貌，鷹的是力量，夜鶯的是歌聲，以此類推，各安其位。可是獨獨你不滿意自己的天命。別再發牢騷了，即使現在實現你的願望，你也很快就會找到不滿的地方。」

石榴、蘋果樹和荊棘

石榴和蘋果樹正在爭論果實的品質，各個聲稱自己的果實勝過對方。

雙方都在氣頭上說話，眼見著就要惡言相向，這時荊棘從鄰近的樹籬探出頭來，以放肆的態度說：「好了，夠了，我的朋友，咱們就別爭吵了。」

母獅和雌狐

母獅和雌狐正在聊天。牠們就像一般的母親，談起了自家的孩子，說牠們多健壯、長得多好，皮毛有多美麗，又跟家長多麼肖似。

雌狐說：「我看到自己那窩小不點，心裡就歡喜。」然後又帶惡意地補充，「可是我注意到你從來生不超過一隻。」

母獅肅穆地說：「是沒有，但那隻可是獅子。」

重質不重量。

城市老鼠和鄉下老鼠

城市老鼠和鄉下老鼠是朋友，鄉下老鼠有天邀請朋友過來看看牠在田野間的家。

城市老鼠來了，牠們坐下來享用晚餐，有大麥粒、草根，後者有鮮明的土味。這樣的伙食不大合客人的口味，牠劈頭就說：「我親愛的朋友，你真可憐，住在這裡的生活沒比螞蟻好。你應該過來看看我怎麼過生活！我的食品儲藏室取之不盡、用之不竭。你一定要過來跟我一起住，我向你保證，你會過得養尊處優。」

於是城市老鼠回到城裡去的時候，順道帶上了鄉下老鼠，帶牠參觀食品儲藏室，裡面有麵粉、燕麥、無花果、蜂蜜和椰棗。

鄉下老鼠從沒見識過這樣的景象，坐下來享用朋友提供的奢華。但牠們還沒開動，食品儲藏室的門開了，有人走了進來。

兩隻老鼠連忙跑開，躲進了狹窄且極不舒適的洞裡。現在，一切悄無聲息，牠們再次走了出來；但又有人走進來，牠們再次匆忙跑開。訪客實在吃不消。

鄉下老鼠說：「再會了，我要走了。你雖然生活在奢華之中，但我看得出來，你被危險團團包圍，而我在老家，可以平靜安詳享受草根和麥子組成的簡單晚餐。」

玫瑰和不凋花

玫瑰和不凋花[5]在花園裡一起生長，不凋花對鄰居說：「我好羨慕你的美貌和甜美的香氣！難怪你那麼受歡迎。」

可是玫瑰語氣帶點憂傷，答說：「啊，我親愛的朋友，我開花的時間很短暫，花瓣很快就凋萎飄落，然後我就死了。但你的花朵永遠不謝，即使被剪下來，也會存續下去。」

公雞和珠寶

公雞刨抓地面想找東西吃，無意間發現了掉在那裡的珠寶。

牠說：「喲！你真是細緻的東西，這點很肯定，要是你的主人找到你，該有多高興。可是對我來說，一顆麥子勝過全世界所有的珠寶！」

A. Rackham 1912

老鼠和公牛

老鼠咬了公牛的鼻子。

公牛追著老鼠跑，可是老鼠動作飛快，轉眼便溜進了牆上的洞。

公牛氣急敗壞，一次次衝撞牆壁，直到疲憊不堪，氣力用盡趴在地上。等一切歸於平靜，老鼠衝了出來，又咬公牛一次。

公牛勃然大怒，猛地站起身來，老鼠又溜回自己的洞裡。

公牛一籌莫展，只能無助吼叫和發怒，這時聽到牆裡傳來尖亢的微小聲音：

「你們這些孔武有力的傢伙不見得可以為所欲為，你看，我們這些小不點有時候也能占上風。」

強者不一定都能百戰百勝。

家驢和野驢

野驢閒閒無事四處遊蕩。有一天看到家驢攤展身子，躺著曬太陽，一副樂在其中的模樣，便走了過去，說：「你可真幸運！光滑的皮毛表示你日子過得多麼愜意。我真羨慕你！」

不久之後野驢又看到家驢，但這一回家驢背上扛著重物，驅趕的人跟在後頭，用一根粗棍子打牠。

野驢說：「啊，我的朋友，我再也不羨慕你了，因為我看到你為了自己的舒適，付出了高昂的代價。」

朱庇特和猴子

朱庇特對所有野獸下達詔令，以他的評判為準，只要生出最美麗後代的野獸，就能得到獎賞。

除了其他野獸，猴子也來了，懷裡捧著猴寶寶，是個長相嚇人、無毛扁鼻的小東西。眾神看到的時候，全都爆出陣陣狂笑。

但猴子將猴寶寶摟得更緊，並說：「朱庇特想把獎賞給誰都隨他高興，但我永遠會認為我的寶寶是所有幼獸當中最美的。」

騾子

有天早上，騾子吃太多、做太少，開始覺得自己真是了不起，四處蹦蹦跳跳，說：「我父親肯定是匹活力充沛的馬，我跟牠是一個模子出來的。」

可是不久，牠被套上鞍具，不得不負重走上一段很長的路。

那日末尾，牠因為額外費勁而體力透支，氣餒地自言自語：「我一定是誤會我父親的身份了，說到底，牠只可能是頭驢子。」

家驢、野驢和獅子

野驢看到家驢在負重之下往前跑步，看到家驢活在奴役之中。

於是說了以下這些話嘲笑家驢：「跟我相比，你的命運實在悲慘！我跟空氣一樣自由，一點工作也不必做，至於糧秣，我只需要到山林間，就會找到遠遠超過我所需要的。可是你！你仰賴主人供應食物，他每天逼你扛重物，無情地鞭打你。」

那時，一隻獅子出現了，因為有驢夫在，不打算騷擾家驢，轉而對沒人保護的野驢發動攻擊，不久後就拿牠飽餐一頓。

除非你可以挺身爲自己發聲，不然當自己的主人毫無用處。

綿羊和狗

從前從前，綿羊向牧羊人抱怨，說他對綿羊和狗有差別待遇。

羊說：「你的行為很奇怪也很不公平。我們提供羊毛、羔羊和羊奶給你，你卻只給我們草，而且連草我們都得自己找。可是你從狗那裡什麼都沒得到，卻老是從餐桌上拿好吃東西餵牠。」

牠們的發言讓狗聽到了，狗立刻出聲說：「是沒錯，而且這樣做也很合理。要不是有我，你們會在哪裡呢？賊會把你們偷走！狼會吃掉你們！如果不是有我時時守著你們，你們可會嚇得不敢吃草！」

綿羊不得不承認，狗說得有理，對於狗受到主人的重視，再也沒有怨言。

狐狸和豹

狐狸和豹針對外表爭辯不休，堅稱自己更俊美。

豹說：「看看我一身時髦的毛皮，你根本比不上。」

可是狐狸回答：「你的皮毛或許很時髦，但我腦袋更靈光。」

狼和牠的影子

狼在草原上遊蕩，太陽正逐漸西下，狼對自己的影子之大驚嘆不已，自言自語：「我不知道我長得這麼高大。想想我還怕獅子呢！欸，萬獸之王應該是我，而不是獅子。」

牠不顧危險，昂首闊步走來走去，彷佛萬獸之王的地位勢在必得。

就在這時，獅子撲向狼，準備吃了牠。狼喊道：「唉，我要不是一時忘卻事實，也不會因為自己的妄想而毀滅。」

蛇和朱庇特

蛇因為常常被人類和其他獸類踩踏，吃了不少苦頭，部分因為牠的身體長度，部分因為牠沒辦法將自己提離地面。於是蛇去找朱庇特申訴，說自己如何暴露在風險之中。

但朱庇特不怎麼同情蛇，只說：「如果你咬了頭一個踩到你的傢伙，其他人走路的時候就會更小心看路。」

戰馬與磨坊主

有匹馬昔日載著騎士馳騁沙場，覺得自己年事已高，選擇轉到磨坊工作。

牠發現自己不再隨著鼓聲，姿態昂揚地踏步前進，而是成天埋頭苦苦磨著麥子。

馬哀嘆自己命運坎坷，有天對磨坊主說：「唉！我曾經是一匹耀眼的戰馬，盛裝打扮，有專門的馬夫負責看顧，他唯一的職責就是滿足我的需求。跟我現在的際遇多麼不同！我真希望自己沒放棄戰場，轉來磨坊這裡。」

磨坊主嚴厲地回答道：「追悔過去是沒有用的，命運有起有落，你只能隨遇而安。」

墨丘利和雕刻家

墨丘利急著知道人類對祂的評價，於是偽裝成男人，走進雕刻家的工作室，那裡有好幾尊雕像已經完成，準備販售。

祂在這些雕像中看到朱庇特的塑像，問了價錢。

雕刻家說：「一枚銀幣。」

「只值那樣？」墨丘利哈哈笑著說，「還有（指著其中一尊朱諾的雕像）那個多少錢？」

雕塑家答道：「半個銀幣。」

墨丘利指著自己的雕像繼續問：「那邊那個開價又是多少？」

雕刻家說：「那個啊，噢，要是你買下另外兩尊，那尊我免費贈送。」

關於只出一張嘴

議事的老鼠

從前從前，所有的老鼠聚集起來共商大計，看看什麼方法最能保障自身安全，免受貓咪的攻擊。

眾鼠針對好幾個提議辯論一番之後，有隻頗有名望、經驗老道的老鼠站起來，並說：「我想到了一個計畫，如果大家都同意而且確實執行，就能在未來確保我們的安全。那就是我們應該在死敵貓咪的脖子上繫個鈴鐺，這樣叮噹聲就能警告我們，貓咪接近了。」

這個提案獲得熱烈的喝采，眾鼠決定加以採用。

這時一隻上了年紀的老鼠站起身並說：「我同意眼前這項計畫令人激賞。但請容我問一句，誰要去替貓咪繫鈴鐺？」

男孩泡澡

男孩在河裡泡澡，不小心跑到水深的地方，陷入了溺水的危險。

沿路走過的男人聽見男孩的呼救聲，跑到河邊開始痛罵男孩怎麼這麼大意，闖進了水深的地方，可是並未嘗試救他。

男孩喊道：「噢，先生，請先幫幫我，事後再罵我吧。」

危機當頭時，提供援助，別出意見。

磨坊主、他兒子和驢子

磨坊主在年輕兒子的陪伴下，趕著驢子要上市集，希望能找到買家。

途中他們碰見了一群姑娘，那些姑娘說說笑笑，驚呼道：「你們看過這麼蠢的父子檔嗎？明明有驢子可以騎，竟然還辛辛苦苦走灰塵漫天的路！」

磨坊主想想她們說的有理，於是要兒子登上驢子，自己跟在一旁步行。

後來碰上了幾位老朋友，跟父子倆打了招呼並說：「你竟然把驢子讓給兒子騎，自己辛辛苦苦用走的，你這樣會寵壞兒子的！叫他用走的，

年紀輕輕就這麼懶！這樣對他才有好處。」

磨坊主聽從他們的建議，換自己坐上驢背，讓兒子跟在後頭。

沒走多遠，就趕上一批婦女和孩子，磨坊主聽到婦女說：「這老頭真自私！自己舒舒服服騎著驢子，卻讓可憐的小兒子靠自己的腿辛苦地追趕！」

於是他要兒子也上驢背，坐在他後頭。他們

繼續往前行，碰到了幾個旅人，旅人問磨坊主，他騎的驢子是自家的財產，還是短期租用的。他答說這是自家的驢子，準備帶到市場去賣。

旅人說：「老天爺！等這頭可憐的野獸走到市場，老早累壞了，不會有人想多看牠一眼。欸，你們最好扛著牠走！」

老頭說：「悉聽尊便，我們只能盡量。」

於是父子倆用繩子將驢子的腿綁在一起，倒掛在桿子上，一前一後扛著走，最後終於來到城裡。

這個景象荒唐至極，群眾裡有人衝過來哈哈笑，無情嘲弄這對父子，甚至有人罵他們是瘋子。到了那時，父子倆走到了河上的橋，噪音和不尋常的情勢嚇到了驢子，牠又踢蹬又掙扎，扯斷了綁牠的繩子，一頭栽進河裡，最後溺死了。

倒楣的磨坊主氣惱又羞愧，只好打道回府，心裡確定的是：試圖取悅大家，最後誰也取悅不了，還連帶損失了一頭驢子。

螃蟹和牠的母親

一隻老螃蟹對兒子說：「兒子啊，你為什麼像那樣橫著走？你應該走直的才對啊。」

年輕螃蟹回答：「親愛的母親，請示範給我看，我會仿效你的。」

老螃蟹試了試，卻以失敗收場，便看出找孩子麻煩，自己有多愚蠢。

以身作則勝於口頭教誨。

小鹿和牠的母親

小鹿長得身強體壯。

母鹿對小鹿說：「兒啊，大自然賜予你有力的身軀和一對結實的頭角，我無法想像你為什麼像個懦夫似的，從獵犬身邊逃走。」

就在那時，母子倆都聽見了一整群獵犬追捕獵物的吠叫，但距離還很遠。

母鹿說：「你留在原地，不必理我。」

語畢，母鹿以自己的最快速度逃之夭夭。

弓箭手和獅子

弓箭手登上山丘想練練弓，娛樂一下。所有的動物看到他立刻東奔西逃，除了獅子，獅子留下來挑戰弓箭手。

但弓箭手射了把箭，擊中了獅子。「喏，看到我的信使有什麼能耐了吧。等一下我親自出馬對付你。」

箭刺痛了獅子，獅子以最快的速度拔腿逃離。

狐狸看見了事發經過，對獅子說：「來嘛，放開膽子。你為什麼不留下來，展現戰鬥的勇氣？」

但獅子回答：「你啊，是勸不動我的。欸，他派出來的信使都已經那麼厲害了，本人應付起來一定很可怕。」

遠遠避開從遠處就可以造成破壞的人。

生病的男人和醫生

醫生到病人家裡出診，醫生詢問他狀況如何。

男人說：「還不錯，醫生，不過我發現我流好多汗。」

醫生說：「啊，好徵兆。」

醫生下次來看診時，問了同樣問題，病人回答：「跟之前差不多，不過我開始起冷顫，渾身發寒。」

醫生說：「啊，也是好徵兆。」

醫生出診第三次，跟先前一樣問起病人的健康，生病的男人說他覺得自己高燒嚴重。

醫生說：「很好的徵兆，你的狀況真的很不錯。」

事後有個朋友來探望病人，問他狀況如何，得到的回答是：「我親愛的朋友，我快死於好徵兆了。」

關於認清局勢

黃鼠狼和男人

男人有次抓到總在他家外頭鬼鬼祟祟的黃鼠狼，正準備用一缸水溺死牠的時候，黃鼠狼苦苦哀求饒命，並對男人說：「你肯定不忍心殺死我吧？想想你家以前有那麼多老鼠和蜥蜴出沒，都是我幫忙清理乾淨的，你該饒過我的命，表達謝意才對。」

男人說：「你不是完全沒用，確實，可是我的家禽又是誰殺的？肉又是誰偷走的？不，不！你帶來的破壞遠勝過好處，你必須死。」

驢子和老農夫

老農夫坐在草地上，看著在附近吃草的驢子。突然間農夫看見幾個男人帶著武器悄悄走來。

農夫立刻跳起來，求驢子盡快載他逃開。農夫說：「要不然我們都會落入敵人的手中。」

但驢子只是懶洋洋環顧四周，並說：「如果是這樣，你想他們會逼我扛比現在更重的東西嗎？」主人說：「不會。」驢子說：「噢，那麼，我不介意他們把我帶走，因為我的處境不會更糟糕了。」

野兔和獵犬

獵犬將野兔從窩裡趕出來，追著跑了一段距離。但是漸漸拉開距離之後，獵犬便放棄追逐。

一個莊稼人看了這場追逐，見到獵犬時便說：「那個小不點對你來說也太難纏了。」

獵犬說：「啊，這個嘛，別忘了，為了晚餐而跑是一回事，為了保命而跑，又是另一回事。」

蒼蠅和騾子

蒼蠅停在拖車的軸桿上，對拉車的騾子說：「你動作好慢啊！加快腳步，不然我得用我的刺來當驅趕棒。」

騾子完全不為所動，說：「我主人就在我背後，坐在拖車上。他握著韁繩，拿鞭子甩我，我順從的對象是他，不需要看你的臉色。我知道自己什麼時候可以偷懶，什麼時候不行。」

鷹和捉鷹人

有個人曾經抓到一隻鷹，剪了牠的翅膀之後，放牠在雞舍的家禽之間自由活動。鷹在角落裡悶悶不樂，看來非常沮喪絕望。

不久之後，捉鷹人將鷹賣給鄰居，鄰居帶鷹回家，讓牠的翅膀再長回來。

再不久後鷹又能使用翅膀了，牠飛出去抓了隻野兔，帶回家要送給恩人。

狐狸看到了便對鷹說：「不要把你的禮物浪費在他身上！去把禮物送給頭一個抓你的人，把他變成你朋友，這樣也許下次他就不會再抓你，又剪你翅膀一次。」

狼、綿羊和公羊

狼派了個代表團到綿羊那裡，提議簽署永久的和平協議，條件是要放棄牧羊犬，即刻將之處死。

愚蠢的綿羊同意了這個條件；但是一頭老公羊經歷了年歲而有智慧，挺身介入並說：「我們怎麼可能跟你們和平生活？即使身邊有牧羊犬保護，我們永遠都無法避開你們的致命攻擊而得到安全！」

追著狼的狗

狗追著狼狂奔。

狗邊跑邊想，自己多麼了不起，擁有多麼健壯的腿，可以跑得如此飛快。

狗自言自語：「前面這匹狼呢，遠遠比不上我，牠心知肚明，只能趕緊逃開。」

但狼這時回頭並說：「別以為我是想從你身邊逃走，我的朋友，我怕的是你的主人。」

綿羊、狼和公鹿

公鹿向綿羊借了些麥子，說牠朋友狼會幫忙擔保。

但是綿羊擔心狼和公鹿聯手欺騙牠，於是找個理由推辭，說：「狼的習慣是想要什麼抓了就跑，根本不付錢，而你跑起來也比我快很多。到還債的時候，我要怎麼追得上你們？」

兩黑無法變成一白。

關於創意解法

烏鴉和水罐

口渴的烏鴉發現有個罐子裡裝了些水，可是水太少，再怎麼嘗試，鴉嘴都碰不到水。

看來牠就要眼巴巴看著解渴方法，卻死於乾渴。

最後牠想出一個妙計，開始將石子一顆顆投進罐子，水位隨著每顆石頭逐步上升，最後終於高到了罐口。這隻精明的鳥兒終於能夠止渴了。

需要是發明之母。

父親與兒子

有個男人有好幾個兒子，這些兒子老是爭吵不休。不管他怎麼努力勸說，都沒辦法讓兒子和諧共處。

於是他決定用以下的方法說服兒子，爭吵不休是很愚蠢的。

他要兒子拿一捆柴枝過來，然後請每個兒子輪流在膝蓋上折斷。兒子全都試過一輪，也都失敗了。

接著他解開柴捆，分給他們一人一根柴枝，結果輕而易舉就折斷了。

他說：「喏，兒子啊，你們要是團結起來，就能輕鬆擊潰敵人；要是爭吵分裂，就會暴露弱點，只能任由攻擊你們的人擺布。」

團結力量大。

北風和太陽

北風和太陽起了爭執，堅稱自己強過對方。最後雙方同意針對一個旅人試試各自的威力，看看誰能最快剝掉旅人的披風。

北風率先嘗試，它凝聚所有的力量，然後發動攻擊，對著男人颳起強風，揚起他的披風，彷彿要用蠻力一把搶走。

但北風吹得越猛烈，旅人就將披風往身上裹得更緊。

接著輪到太陽。起初太陽溫煦地照在旅人身上，不久，旅人便解開披風的搭釦，讓披風鬆鬆掛在肩上往前走。

接著太陽使出全力發光發熱，旅人還沒往前走幾步，便開心地速速脫掉披風，更輕盈地完成了旅程。

勸服優於蠻力。

老婦和醫生

老婦因為罹患眼疾，幾乎完全失明，請教醫生之後，在一名證人在場的狀況下，與醫生達成協議：如果醫生治好她，她就要支付一大筆錢；如果沒治好，醫生就不收任何醫療費。

醫生據此安排了療程，每次上門替她治病時，就悄悄帶走她屋裡的一樣物品。醫生最後一次登門看診之後，療程完成了，屋裡什麼也不剩。

老婦看到家裡空空如也，拒絕償付醫生費用。醫生反覆遭拒之後，到地方法官面前控告老婦，要她支付欠款。

老婦被帶到法庭上時，已經備好答辯內容。她說：「原告正確陳述了我們的協議：如果他治好我，我就要付他一筆費用，而他當時也承諾，如果治療失敗，就分文不收。現在，他說我痊癒了，可是我的視力明明比之前更差。我可以證明自己所說的話。我眼力不好的時候，還可以看到屋裡有一些家具和其他物品。按他的說法，我已經痊癒了，可是現在我卻完全看不到家裡有任何東西。」

德馬德斯和他的寓言

演說家德馬德斯[6]曾經在雅典的集會上演說，但是大家不怎麼專心聽他講的內容，於是他停下來並說：「各位男士，我想跟你們說一則依索的寓言。」

人人豎耳傾聽，接著德馬德斯開始說：「狄蜜特[7]、一隻燕子和一條鰻魚曾經一起上路旅行，來到一條無橋的河流。燕子從上方飛了過去，鰻魚從河裡游了過去。」

接著他便停下來。

觀眾裡有好幾個人喊道：「那狄蜜特呢？」

德馬德斯回答：「狄蜜特啊，她非常生氣，因為你們該把心思放在公共事務上時，卻只想聽寓言故事。」

驢子和狼

驢子正在牧地上吃草，瞥見敵人狼在遠處，便假裝瘸得很厲害，痛苦地跛著腳往前走。

狼走過來，問驢子為什麼瘸成這樣，驢子答說，穿過樹籬時不巧踩到一根棘刺，懇求狼用牙齒幫忙拔除。

驢說：「免得你以後吃我的時候，刺卡住你的喉嚨，讓你痛不欲生。」

狼表示願意，要驢子抬起腳，決心將刺拔出來。

可是驢子突然把蹄猛蹬出去，對著狼嘴狠狠一踹，踢斷了狼的牙。接著便以全速飛跑而開。

等狼恢復到能說話時，對自己低吼：「是我自作自受，我父親教我大開殺戒，我應該好好走老本行，而不是嘗試救死扶傷。」

狼和男孩

狼剛剛享受了美好的一餐，正有心情捉弄人。

這時瞥見有個男孩趴在地上，領悟到男孩是因為害怕狼，想要躲起來。

狼走了過去並說：「啊哈，我發現你了，可是如果你能夠跟我說三件事，千真萬確無法辯駁，我就饒過你的命。」

男孩鼓起勇氣，思索片刻，然後說：「首先，很可惜你看到了我。再來，我真笨，竟然讓自己被看到。第三，大家都討厭狼，因為狼總是莫名其妙攻擊我們的羊群。」

狼回答：「唔，從你的角度來看，你說的話真實無誤，所以你可以離開了。」

庸醫

有個男人病倒臥床，時不時向幾位醫師求診，除了一個醫生之外，其他一律都說男人沒有立即的生命危險，只說他的病可能會拖上好一陣子。

對病例抱持不同看法的醫師，也是男人求診的最後一位，要男人做好最壞的打算。這醫生說：「你剩下不到二十四個鐘頭可活了，我恐怕愛莫能助。」

不過，結果發現這位醫師錯得離譜，因為病臥幾天之後，生病的男人已經可以下床到外頭散步，面色確實蒼白如鬼。

散步途中，男人湊巧碰見那個預告他將死的醫師。醫師說：「哎呀，你還好嗎？肯定剛從冥界過來的吧。我們離世的朋友在那邊過得如何？」

男人說：「過得很愜意，因為他們全都喝了遺忘之水，忘卻人生所有煩憂。對了，在我離開前，那裡的當局計畫處決所有的醫師，因為他們不讓病人自然死去，而是用醫術讓他們活下去。當局原本把你納入被控的行列，直到我向他們掛保證，你不是醫師，只是個冒牌貨。」

雅典人和底比斯人

雅典人和底比斯人一起上路，聊天打發時間，旅人經常都是如此。

他們討論了形形色色的話題之後，聊起了英雄，這種話題通常是想像力的發揮，而沒什麼實際用處。

他們對各自城邦的英雄讚不絕口，最後底比斯人堅稱，海克力斯是世間活過最偉大的英雄，目前在眾神之間地位最為崇高。

雅典人則堅持忒修斯優越許多，運氣絕佳，方方面面都受到了極大的祝福，而海克力斯有一度卻被迫成為僕人。他贏得了辯論，因為他能言善道，如同所有的雅典人。

辯才略遜一籌的底比斯人，最後嫌惡地喊道：「好吧，隨便你，我只希望我們的英雄生我們的氣時，雅典人只會蒙受海克力斯怒氣的苦頭，而底比斯只會蒙受忒修斯怒氣的苦頭。」

兄和妹

有個男人膝下有兩個孩子，一男一女。女孩長得有多不起眼，男孩就有多俊美。有天，他們在母親的臥房裡玩耍，湊巧看到鏡子，頭一次見到了自己的長相。男孩看出自己有多麼俊俏，開始對妹妹吹噓自己的美貌。

妹妹意識到自己平庸的長相，氣惱地哭了，把哥哥的發言當成對自己的侮辱。她跑去找父親告狀，說起哥哥的自負，指控他亂碰母親的物品。

男人哈哈笑，吻了兩個孩子並說：「我的孩子，從現在開始學習怎麼善用鏡子吧。你，我兒子，鏡子說你多俊美，你就想辦法做個跟外表一樣優秀的人。你，我的女兒，就用個性的甜美，補足五官的平凡吧。」

狗、公雞和狐狸

一條狗和一隻公雞成為莫逆之交，同意結伴旅行。

夜幕降臨，公雞飛進了樹上的枝椏歇息，狗則在中空的樹幹裡蜷起身子。

天一破曉，公雞照例醒來放聲啼叫。有隻狐狸聽到了，希望拿公雞當早餐，於是走過來站在樹下，求牠下樹來。

狐狸說：「我真想認識歌喉如此美妙的生物。」

公雞回答：「我的門房睡在樹腳下，你能不能叫醒牠？牠會幫忙開門放你進來。」

狐狸依言敲了敲樹幹，狗兒暴衝出來，將狐狸扯成碎碎片片。

孩子和狼

小山羊跟丟了羊群，落單遭到狼的追捕。

小山羊看出自己勢必會被捉住，轉身對狼說：「大人，我知道我逃不了，只能被你吃掉。既然我的人生注定短暫，請你讓它盡可能歡樂。所以在我死以前，你能不能吹個曲子替我伴舞？」

狼對於晚餐前來點音樂並無異議，於是掏出笛子開始吹奏，小山羊在狼面前舞動。幾分鐘之後，看守羊群的狗聽見了樂聲，走過來察看狀況，一見到狼，立刻追著牠，將牠趕跑。

狼跑走的時候，轉身向小山羊說：「是我咎由自取，我的行當明明是屠夫，就不該為了取悅你，扮成吹笛手。」

A Rackham

農夫和他的兒子

農人面臨鬼門關，決定向兒子吐露一個重大祕密。他要兒子圍在四周，並說：「我的兒子啊，我再不久就要死了。所以我要你們知道，我的葡萄園裡藏了個寶物。挖吧，你們會找到的。」

父親一過世，幾個兒子便拿了鏟子和耙子，為了尋找他們認為埋藏在地裡的寶物，一遍又一遍翻掘葡萄園的土壤。

不過，他們什麼都沒找到，但土壤經過這麼澈底的翻掘，葡萄盛產的程度前所未見。

關於報答

農夫和命運女神

有個農夫某天在犁田，挖出了一罐金幣。他對自己的發現喜出望外，從那時起，天天到大地女神的神廟去獻祭。

命運女神對這點很不高興，來找他說：「你這個人也真是的，明明是我贈給你的禮物，為什麼你卻歸功給大地？你從沒想過要為了自己的好運感謝我。但哪天要是運氣不佳，失去你得到的，肯定把錯全怪在我命運女神的頭上。」

表達感激別找錯對象。

奴隸和獅子

奴隸受到主人殘忍的對待，從主人身邊逃離；為了不被逮捕，他逃往沙漠荒地。

他四處遊蕩尋找食物和避居處，這時來到一個洞穴，他走進去發現洞穴無人占用。不過，其實這裡是獅子的獸穴。

獅子幾乎立刻出現了，讓這可憐逃亡者大為驚駭。男人心想自己必死無疑。但令他驚愕的是，獅子並未朝他撲來，將他吃下肚，而是走過來示好，哀鳴著舉起一掌。

他看到獅子腳掌腫大發炎，仔細一瞧，發現肉球裡扎著一根粗大的棘刺。他將刺拔除，盡可能照料傷口，不久傷口便澈底痊癒。

獅子懷抱無限的感激，將男人視為朋友，人獸同住洞穴一段時光。不過，有一天奴隸開始渴望人類的陪伴，於是向獅子道別，返回了城鎮。他立刻被指認出來，五花大綁帶到前任主人面前。主人決心殺雞儆猴，下令下次舉行公開競技表演時，將他丟給野獸。

生死攸關的那一天，幾頭野獸被放進競技場，其中有隻獅子體型壯碩、模樣凶猛。那個可憐的奴隸被丟進了牠們之間。令觀眾驚奇的是，獅子才看一眼，便奔了過去，躺在他腳邊，表現出滿腔深情與歡喜！原來是那個洞穴的老朋友！

觀眾高聲疾呼，主張饒過這奴隸的命；城鎮長官對野獸的感激和忠誠大為驚嘆，宣布人獸都應該得到自由。

旅人和梧桐樹

兩位旅人在夏日的熱氣中，沿著毫無遮擋、塵土飛揚的道路行走。

此時來到一棵梧桐樹蔭那裡，兩人歡喜地轉身走進枝椏開展的遮蔭裡，閃避太陽的熾熱光線。

他們歇息的時候，抬頭望進樹木，其中一人對同伴說：「梧桐真是沒什麼用的樹種，既不結果子，也沒有其他用途。」

梧桐樹憤慨打斷他，嚷嚷：「你這不知感激的傢伙，來我這裡接受庇蔭，躲避火辣的陽光，在享受我枝葉涼蔭的同時，竟然出言辱罵我，說我一無是處！」

許多服務面對的是不知感恩。

人類、馬、公牛和狗

某個風雨交加的冬日，馬、公牛、狗來到人類的家，乞求人類提供庇護。

人類二話不說收容了牠們，牠們又冷又溼，人類為了牠們的舒適，生了火。他將燕麥放在馬的面前，乾草放在公牛面前，再拿吃剩的晚餐餵給狗。

風雨減弱之後，三隻動物準備要離開，決定用以下方式表達自己的感激。

牠們將人類的一生分成三等分，將專屬自己的特質賦予其中一等分。

馬負責青春時期，年輕人因此鬥志高昂，對節制感到不耐。

公牛負責中年，中年人因此性情穩重、工作賣力。

狗則負責老年，那就是為何老年人常常暴躁易怒，而且就像狗，依戀那些在乎他們是否舒適的人；對於那些陌生或惹他們反感的人，則很容易怒聲喝叱。

大蛇和鷹

老鷹朝著大蛇俯衝，用利爪擒住，打算帶大蛇離開並吃掉牠。

但大蛇的動作太快，轉眼間便纏住了老鷹。

雙方陷入殊死戰。

有個鄉下人目睹了這場衝突，過來幫忙老鷹，讓牠掙脫了大蛇的糾纏，最後成功逃離。

為了報復，大蛇吐了點毒液進男人的獸角水壺。

男人因為勞動而渾身發熱，正準備喝口水解解渴時，老鷹一把將酒壺從他手中掃掉，帶毒的水於是潑灑在地上。

好心有好報。

胡桃樹

路邊長了棵胡桃樹，每年都會結出豐盛的堅果。

路過的人都會用細枝和石頭劈打它的枝椏，好讓果實掉落，那棵樹因此吃了不少苦頭。

樹喊道：「好苦啊，每個享受我果實的人都用侮辱和攻擊來回報我。」

關於本性與習性

跳蚤和人

一隻跳蚤咬了個人之後又咬他一次，然後再一次，最後那個人忍無可忍，澈底搜尋一番，最後成功逮住了跳蚤。

那個人將跳蚤掐在食指和拇指之間，說——或者該說，用吼的，因為他火冒三丈——

「什麼東西啊你！你這個小壞蛋，竟然對我的身體隨便亂來？」

跳蚤很害怕，用細弱的聲音抽噎著說：「噢，大人！求你放我走。別殺我！我這麼小，不可能傷害你多少。」

可是男人哈哈笑，然後說：「我現在要立刻捏死你。只要是壞東西都該消滅掉，不管造成的傷害有多輕微。」

別浪費同情心在無賴身上。

狼和牧羊人

狼在羊群附近久久徘徊，可是並未騷擾牠們。起初牧羊人緊緊盯著狼，認為狼有意作怪。可是隨著時間過去，狼似乎沒有要對羊群下手的意思，於是牧羊人開始把狼當作守護者而不是敵人。

有一天牧羊人得進城辦事，安心地將羊群留在狼身邊。但是他一轉身，狼便發動攻擊，殺掉了大半的羊。

牧羊人回來的時候，看到狼造成的破壞，喊道：「我竟然把羊群託付給狼，是我自討苦吃。」

盲人和幼獸

從前有個盲人，他的觸覺如此敏銳，只要把動物放進他的雙手，他透過觸摸就可以辨明是什麼。

某天，有人將幼狼放進他手中，然後問他是什麼。他摸了一陣子，然後說：「說真的，我沒辦法確定這是狼的幼崽或是狐狸的幼崽？可是我知道的是，絕對不能放心把牠放進羊欄裡頭。」

邪惡傾向早年就會顯露。

月亮和她母親

月亮曾經央求母親替她做件長袍。

母親回答：「我哪有辦法啊？根本沒一件長袍可以合你的身。有時你是新月，有時是滿月，而在這期間，你的模樣變換不停。」

碰上船難的人和大海

有個人碰上船難，跟海浪搏鬥一番之後被拋上海灘，在那裡睡著了。

他醒來的時候，忿忿斥責大海難以捉摸，先用平滑宜人的表面吸引人，等大家上了船，便怒氣沖沖修理他們，將船隻和水手一同送向毀滅。

大海以女人的樣態升起並回答：「不要怪我，噢，水手，要怪就怪風。以天性來說，我跟陸地一樣平靜安全，但風對我降下突來的勁風與狂風，驅使我進入非我本性的狂暴狀態。」

狼、狐狸和猿猴

狼控訴狐狸偷竊，狐狸否認，雙方將案子帶到猿猴面前審判。

猿猴聽了雙方的證詞之後，給出以下的判決，說：「噢，狼啊，我不認為你當真丟了你聲稱的東西。可是，同時，狐狸你儘管百般否認，我也相信你確實偷了東西。」

不老實的人即使做了老實的事情，也得不到稱讚。

墨丘利和商人

朱庇特當初造人的時候，要墨丘利用謊言調出製劑，加一點到用來製造商人的其他原料裡。

墨丘利聽命行事，輪流放了同等的量到每一種人身上——製燭商、蔬果商、雜貨商——最後來到販馬商，這是名單上最後一個，墨丘利發現自己還剩好一些製劑，索性全部加進去。

這就是為什麼所有的商人或多或少都會說謊，但沒人比得上販馬商。

A. RACKHAM · 1912

維納斯和貓

貓愛上一名俊美的青年，請求愛神維納斯將牠變成女人。

維納斯很仁慈，立刻將貓變成美麗的姑娘，青年對她一見鍾情，不久就與她結為連理。

有一天，維納斯想看看那隻貓除了外型，習性是否也有所改變，於是放了隻老鼠進兩人所在的房間。

少婦一見老鼠便忘了一切，立刻彈起身來，毫不遲疑追了過去。女神見了非常反感，又將少婦變回了貓咪。

烏鴉和天鵝

烏鴉看到天鵝一身美麗的白羽毛，非常羨慕，認為跟天鵝長期沐浴與游泳的水有關。

於是烏鴉離開了設有神壇的那個鄰里——平日牠靠撿拾獻祭後剩下的碎肉為生，前往池塘和溪流旁邊定居。

雖然烏鴉每天洗浴好幾次，羽色還是沒變得更白，最後卻挨餓而死。

你可以改變習性，但改不了本性。

牧羊人和狼

牧羊人發現有隻狼崽在牧草地上流浪，於是將牠帶回家，跟著狗一起養大。

狼崽完全長大以後，如果有狼從羊群偷走綿羊，牠會跟著狗一起獵捕偷羊的狼。

有時候，狗追不到偷羊的賊，便放棄追逐打道回府。這時，狼便會單槍匹馬，繼續窮追不捨，追上偷羊賊時，便停下來跟對方一起大快朵頤，之後再回到牧羊人身邊。

但是如果好一陣子都沒有綿羊被狼帶走，這隻狼便會自己偷走一隻，再跟那些狗一起享用這份贓物。

牧羊人後來起了疑心，有一天當場逮到狼做壞事，便用繩子套住狼的脖子，將牠吊死在附近的樹木上。

天生的本性總會暴露出來。

善事與惡事

在世界還年輕的時候，有段時間，善事與惡事平等地進入人類事務，這麼一來善事不會全面占上風，讓人類永遠受到祝福，惡事也不會一直讓人類悲慘下去。

但由於人類自己的愚蠢，惡事的數量以倍數跳增，勢力也跟著變大，最後似乎要將人類事務裡的善事剝奪殆盡，並且將善事從世間驅逐出去。

因此善事一起前往天庭，向朱庇特抱怨自己受到的對待，同時向祂祈求保護，免受惡事的侵害，並請祂提供建議，該怎麼和人類交流才好。

朱庇特答應要保護眾善事，並下令未來它們別再集體前往人類之間公開活動，免得受到滿懷敵意的惡事所攻擊，而是避人耳目，單獨前往，造訪的時間不宜頻繁，而且要出其不意。

因此世間充滿了惡事，因為它們隨性來來去去，永遠不曾遠離。

唉，善事則是一次一個，而且必須打老遠從天庭過去，所以相當罕見。

蝙蝠、荊棘和海鷗

蝙蝠、荊棘和海鷗合夥搭檔，決定出海貿易。

蝙蝠為了這樁事業借了一筆錢，荊棘購入一批形形色色的衣物，海鷗則帶了一些鉛。

來了一場暴風雨，牠們的船連同貨物全都沉入大海。這三個旅人好不容易才從船難生還，安抵陸地。

從此，海鷗總是在海上飛來飛去，偶爾潛進海面，尋找自己遺失的鉛。

蝙蝠很怕碰上債主，於是白天躲起來，晚上才出來覓食。

每回有人路過，荊棘會勾住他們的衣服，希望有一天可以認出並取回丟失的那些衣物。

所有的人都更關心找回自己所失去的，而不是取得自己所欠缺的。

海克力斯和密涅瓦

海克力斯有一次沿著窄路前行，看到眼前地上有個狀似蘋果的東西，路過時便用腳跟使勁一踩。

令他驚訝的是，那個東西沒被壓扁，反倒膨脹兩倍。他再次攻擊那個東西，並用棍棒猛打，結果那個東西漲得龐大無比，擋住了整條去路。

看到這種狀況，他鬆手掉了棍棒，站在那裡驚奇地看著。

就在那時，密涅瓦[8]現身了，對他說：「別煩它了，我的朋友。你看到的是不和之果。如果你不去干涉，它就會停留在原本的大小，但是如果你訴諸暴力，它就會膨脹成你現在看到的樣子。」

普羅米修斯和創造人類

在朱庇特的命令之下，普羅米修斯[9]著手創造人類和其他動物。

朱庇特看到無理性獸類的數量，遠遠超過唯一有理性的生物——人類，便要普羅米修斯將一些獸類變成人類，以便從中取得平衡。

普羅米修斯照著指令做了，這就是為什麼有些人徒有人類的外表，卻有禽獸的靈魂。

兩個袋子

每個人都扛了兩個袋子，一個在前、一個在後。

兩個袋子都裝滿了缺點。前面那個裝了鄰居的缺點，後面那個裝了自己的缺點。

所以人往往看不到自己的缺點，卻絕不會錯過其他人的缺點。

關於貪多與不滿足

秣桶裡的狗

有隻狗躺在秣桶裡的乾草上，乾草放在那裡是要餵牲口用的，牲口來吃的時候，狗卻怒聲咆哮，作勢要咬，不肯讓牠們吃。

一頭牲口對同伴說：「真是自私的野獸，牠自己不能吃，卻不肯讓能吃的吃。」

臃腫的狐狸

狐狸肚子餓了，在中空的樹洞裡找到一些麵包和肉，是幾位牧羊人留在那裡，返程時要吃的。

狐狸發現了很高興，於是溜進那個狹窄的動口，貪婪地吃個精光。但是想離開時，卻發現飽餐一頓後，肚子脹大擠不出去，對著自己的不幸哀嘆呻吟。

另一隻狐狸湊巧路過，過來問怎麼回事，得知內情後說：「欸，我的朋友，我看是無計可施了，你只能等自己縮回原本的大小，到時就能輕鬆走出來。」

螞蟻

螞蟻以前是人類，以耕地為生，可是當時對自己的工作成果並不滿意，總是覬覦鄰人的穀物和水果，只要有機會就去偷，添進自己的貯藏。

最後螞蟻的貪婪觸怒了朱庇特，祂將人變成了螞蟻。

不過，他們的本性依然，直到今日，依然在田地裡活動，採集他人的勞動成果，儲存起來作為己用。

你可以懲罰小偷，但他習性依然。

驢子和牠的影子

某個男人在夏季期間雇用了一頭驢子，啟程時，驢子主人跟在後頭趕驢。白天熱氣逼人，他們停下來歇腳，旅人想躺在驢子的影子裡乘涼。

但是驢子主人自己想要躲太陽，不肯讓旅人用，說旅人只雇用了驢子，並未雇用驢子的陰影。旅人堅持說，在這筆交易期間，他可以全權控制驢子。

兩人從唇槍舌戰到大打出手，他們痛毆對方的時候，驢子逃之夭夭，轉眼失去了蹤影。

獅子和野豬

盛夏一個令人乾渴的炎熱日子，獅子和野豬同時來到小山泉那裡喝水。

雙方立刻針對誰該先喝而爭吵起來。口角之爭最後演變為拳腳相向。牠們殘暴地互相攻擊。

雙方暫停一下換口氣時，看見幾隻禿鷹坐在上方的岩石，顯然等著一方被殺，到時就能飛下來就著屍骸大快朵頤。這個景象隨即讓雙方清醒過來，於是言歸於好，說：「當朋友遠勝過交戰之後被禿鷹吞下肚。」

男孩和榛果

有個男孩將手伸進裝了榛果的罐子，拳頭可以抓多少就抓多少。可是想把手拉出來的時候，卻發現辦不到，因為罐頭太窄，握著一大把榛果通不過。

他不願失去堅果，卻也抽不出手，最後哭了起來。

旁觀的人看到問題出在哪，便對他說：「來吧，小子，別這麼貪心。拿一半的量就好，這樣你要拔出手就不會有困難。」

男人和兩位情婦

一個中年男人有兩個情婦，一個年長、一個年輕。中年男人頭髮逐漸斑白，兩位情婦裡年長的那位，不喜歡情人看起來比自己年輕許多，於是只要男人登門拜訪，她就拔掉他頭上的深色頭髮，讓他看起來老一點。

年輕點的情人則不喜歡男人看起來年長自己太多，於是不放過任何拔掉他灰髮的機會，好讓他看來年輕點。

在雙方夾攻之下，男人最後不剩任何頭髮，澈底成了個禿子。

狗和牠的倒影

一條狗啣著一塊肉，越過溪流上方的獨木橋，這時湊巧在水裡看到自己的倒影。

牠以為是另一條狗啣著兩倍大的肉塊，於是鬆口放開自己那塊，為了另一塊肉而撲向另一條狗。

可是，想當然耳，牠什麼也沒拿到，因為剛剛那個只是牠的倒影，而牠自己的肉已經被水流沖走了。

獅子和兔

獅子發現兔子在窩裡睡覺，正準備吞了兔子，這時瞥見公鹿經過。獅子隨即拋下兔子，追趕更大的獵物，可是經過漫長的追逐之後，獅子發現自己趕不上公鹿的腳步，於是斷念並回頭找兔子。

不過，等獅子回到兔窩時，卻放眼不見兔子蹤影，沒了晚餐，不得不餓肚子。

「是我自討苦吃，我早該滿足於自己擁有的，而不是嚮往更大的獎賞。」

獅子、熊和狐狸

獅子和熊同時抓住了一個孩子，為了爭奪這孩子，投入一場漫長激烈的苦戰。最後雙方筋疲力盡，身負重傷、倒臥在地，喘著要換氣。狐狸則好整以暇在附近徘徊，旁觀牠們你爭我奪。

當狐狸看到對戰者倒在那裡，虛弱得無法動彈，便悄悄上前劫走了孩子，然後揚長而去。獅子和熊只能無助地看著，對彼此說：「我們暴力相向，最後除了狐狸，誰也沒得到好處。」

驢子和主人

有個園丁養了頭驢子，驢子過得很辛苦，糧食稀少、負重過度，而且時時挨打。因此驢子向朱庇特哀求將牠從園丁身邊帶走，交給另一個主人。

於是朱庇特派墨丘利去找園丁，要他將驢子賣給陶工，他也聽話照做了。

但驢子依然不滿意，因為工作比之前更辛苦，於是牠又向朱庇特哀求解救第二次，朱庇特親切地安排將牠賣給鞣皮工。

但當驢子看到新主人的行業，便絕望地呼喊：「雖然我得賣力工作，忍受惡劣的待遇，為什麼不能滿足於服侍前兩個主人的任一個？因為我要是死了，至少他們會妥善地埋了我，但現在我最後肯定被丟進鞣料缸裡。」

僕役得等服侍過更糟的人之後，才知道何謂好主人。

螃蟹和狐狸

有隻螃蟹離開海岸，到內陸的草地上定居，那裡看起來相當宜人，綠意盎然，感覺是個覓食的好去處。

但飢餓的狼走過來，看見螃蟹便逮住牠。

螃蟹快被吃掉的時候說：「我當初為什麼要離開自己在海邊的自然棲息地，過來這裡定居，彷彿自己屬於陸地。我真是自作自受。」

知足常樂。

狼和獅子

狼從羊群裡偷走一隻綿羊，正要將牠帶走，好整以暇地享受，這時不巧碰上了獅子，獅子搶走了獵物，然後揚長而去。

狼不敢抵抗，但等獅子隔開一段距離後，便說：「隨便搶走我的東西，真是不公不義。」

獅子哈哈笑，高聲回答：「你肯定也是得來不義吧！也許是朋友那裡拿來的？」

蝮蛇和銼刀

蝮蛇走進木匠的店舖，在工具之間穿梭遊走，乞討裹腹的東西。牠向好幾種工具開口，銼刀也在其中。蝮蛇請銼刀施捨一頓飯。

銼刀以同情中帶輕蔑的語氣回答：「要是你想像自己可以從我這裡得到什麼，那你真是個呆瓜，因為我一律只從他人身上獲取東西，不曾給出東西作為回報。」

貪婪的人不懂得付出。

墨丘利和樵夫

樵夫正在河岸砍樹，斧頭在樹幹上打滑，飛出了他的雙手，噗通掉進了水裡。他站在水邊哀嘆自己的損失時，墨丘利現身問他為何悲傷。

墨丘利得知來龍去脈之後，見樵夫這麼苦惱，出於同情，便潛入水中，帶了把金斧頭上來，問樵夫弄丟的是不是這把。

樵夫答說不是，墨丘利又潛進水裡第二次，帶回了一把銀斧頭，詢問是不是他的。樵夫說：「不，這也不是我的。」

墨丘利再次潛入水中，帶回了樵夫遺失的那把。樵夫失而復得，喜出望外，熱情地向恩人致謝。墨丘利對樵夫的誠實深感滿意，索性將另外兩把斧頭一併送給他。

樵夫將事發經過告訴同伴，其中一人極為羨慕他的好運，決心試試自己的手氣。於是他到河邊去開始砍樹，然後刻意讓斧頭掉進水裡。

墨丘利跟之前一樣現身了，得知他的斧頭掉進水裡，於是像之前那樣，潛入水中拿出一把金斧頭。

這傢伙連等都沒等墨丘利問這是不是他的，便嚷嚷：「是我的，是我的。」然後急切地伸手要領獎賞。

但墨丘利對他的不誠實如此嫌惡，不只拒絕送他金斧頭，連原本掉進河裡的那把，都不願替他找回來。

誠實才是上上策。

下了金蛋的鵝

有一對幸運的夫婦養了隻天天下金蛋的鵝。

即使運氣這麼好，夫婦倆不久卻開始覺得自己累積財富的速度不夠快，他們想像那隻鵝的身體內部肯定是黃金構成的，於是決定宰了牠，大批的珍貴金屬就能立刻到手。

但是將鵝開腸剖肚之後，卻發現牠跟其他的鵝沒有兩樣。結果，他們不僅無法像原本期望的那樣立刻致富，也享受不到日益增添的財富。

關於小心許願

蜜蜂和朱庇特

來自伊米托斯山的女王蜂飛到奧林帕斯山，她從蜂巢帶了新鮮蜂蜜要送給朱庇特。

朱庇特對這份禮物非常滿意，答應她要求什麼就實現她願望。女王蜂說，如果祂能將螫刺賜給蜜蜂，殺掉搶走蜂蜜的人類，她會非常感激。

這個要求讓朱庇特大感不快，因為祂熱愛人類。

可是祂都許下承諾了，於是說蜜蜂會有螫刺，只不過這種刺是：只要蜜蜂螫了人，那根刺就會留在傷口裡，而那隻蜜蜂也會喪命。

邪惡的願望會像家禽一樣歸巢棲息。

冒牌貨

有個人生病了，在狀況極差的時候，向眾神發誓，如果他們能讓他恢復健康，他誓言獻祭一百頭公牛。

眾神想看看他如何實現誓言，於是讓他在短期內痊癒。

這下好了，他連一頭公牛也沒有，於是用牛油做成一百隻小公牛，獻上祭壇，同時說：「眾神啊，請見證我履行誓言。」

眾神決心報復，於是託了個夢給他，要他到海邊找一百枚錢幣。

他興沖沖趕到海岸去，不巧碰上一幫強盜：強盜抓住他，帶去當作奴隸賣掉。他們賣了他時，換來的就是一百枚錢幣。

不要許下超過自己能力範圍的承諾。

青蛙尋找國王

從前有些青蛙因為沒有統治者而心懷不滿，於是派了代表團去找朱庇特，請祂賜給牠們一個國王。

朱庇特鄙視牠們這個愚蠢的要求，便往牠們住的水池丟了根原木，說應該讓它當牠們的國王。水濺起來的時候，嚇壞那些青蛙，牠們趕緊逃竄到水池最深的地方。

但是，久而久之，牠們看出那根原木動也不動，於是壯起膽子，一個接一個浮出水面，不久便大膽起來，開始瞧不起這根原木，甚至坐在它上頭。

青蛙覺得這樣的國王簡直是侮辱牠們的尊嚴，於是第二次派代表團去找朱庇特，求祂將祂賜下的呆滯國王帶走，換一個更好的給牠們。

這樣的糾纏讓朱庇特很心煩，於是送了隻鸛鳥去統治牠們，鸛鳥才抵達不久，便開始以最快速度捉捕和吃掉青蛙。

Arthur Rackham. 1912.

牧人和走丟的公牛

牧人正在看顧自己的牲口，這時發現有隻小公牛不見了，是這群牛裡最棒的其中一頭。他立刻出發找尋，但是一直搜尋未果。

他立了誓說，如果能找到賊偷，他會獻祭一隻小牛給朱庇特。

他繼續搜尋，走進了灌林叢，結果瞥見獅子正在吞吃走失的公牛。

他驚恐萬分，朝天舉起雙手，並喊道：「偉大的朱庇特，我之前發誓說如果找到賊偷，會獻祭一頭小牛給你。可是現在，如果我可以毫髮無傷地逃離獅子的魔爪，我答應為你獻上一隻成牛當祭品。」

關於假會

揮霍無度的人和燕子

揮霍無度的人浪擲了財富，最後除了身上的衣服，什麼都不剩。

早春一個美好的日子，他看到一隻燕子，心想夏天到了，用不上外套，便把外套賣掉變現。不過，天氣起了變化，轉眼變得嚴寒，害死那隻不幸的燕子。

當那個揮霍無度的人看到燕子的屍體，嚷嚷道：「可憐的小鳥！都是你害的，連我也要跟著凍死了。」

一隻燕子飛來，不代表夏天已到。

女主人和她的僕人

老寡婦勤儉持家，要求家裡的兩個僕人賣力工作。僕人早上不能賴床太久，因為老婦要他們公雞一啼就起床幹活。僕人很不喜歡這麼早就起床，尤其是冬天；他們以為，如果沒有公雞這麼早就吵醒女主人，自己就可以睡得更久。

於是他們逮住公雞，扭斷牠的脖子，但是沒料到會有什麼後果。結果他們的女主人不像平日那樣聽到公雞啼鳴，反而更早就叫他們起床，要他們在大半夜開始上工。

驢子和牠馱的貨物

沿街叫賣的小販有頭驢子，有天小販買了些鹽巴，驢子能馱多少就盡量往牠背上堆。

回家的路上，驢子越過溪流的時候絆了一跤，摔進河裡。鹽巴整個溼透，大半融化流走；等驢子再站起身時，發現背上的貨物減輕了重量。

主人將驢子趕回鎮上，買了更多，加進馱籃裡殘餘的鹽巴，然後再次出發。他們一抵達河流，驢子又躺了下來，跟之前一樣起身時背上的重擔減輕許多。

但主人看出了驢子的詭計，再次回頭，買了大量的綿花，往驢子背上堆。他們來到河邊時，驢子再次躺下。

但這一回，棉花吸起了大量的河水，等驢子再次起身時，背上的負擔比先前都沉重。

好牌不能出太多次。

披著獅皮的驢子

驢子找到了一張獅子皮，用那張皮裝扮自己，四處招搖，嚇唬碰上的人類和動物。無論是人或動物都誤以為驢子是獅子，一見驢子走來就拔腿逃命。

驢子因為自己的妙招成功了，喜不自勝，高聲發出勝利的鳴叫。

狐狸聽到了，立刻認出牠是驢子，對牠說：「噢，我的朋友，是你吧？要不是聽到你的聲音，我應該也會心驚膽跳。」

披著羊皮的狼

狼決心偽裝自己，這樣獵食羊群時就不怕洩露形跡。

於是牠披上羊皮，趁羊群在草地上放牧時，悄悄溜進牠們之間。狼澈底騙過了牧羊人，整群羊被帶回羊圈裡過夜時，牠跟著其他綿羊被關在一起。

但是那天晚上，牧羊人湊巧需要羊肉做菜，誤以為那匹狼是羊，當場用刀宰殺了牠。

ARackham 1912

虛榮的寒鴉

天神朱庇特宣布要從眾鳥之中指定一名作為國王，約定一天要牠們來到祂的寶座前，屆時會選出最美的一隻作為統治者。

眾鳥希望在這個場合展現最好的樣貌，於是前往溪流的岸邊，忙著清洗和整理自己的羽毛。

寒鴉也跟其他鳥兒在那裡，牠意識到自己的羽色醜陋，不會有機會屏雀中選。於是等到牠們全都離開，再將牠們脫落的羽毛中最豔麗的那些，固定在自己身上，好讓自己看起來比其他小鳥都鮮亮。

指定的日子到了，眾鳥聚集在朱庇特的寶座前，列隊一個個經過面前讓祂審視。

祂正準備立寒鴉為王時，其他小鳥都朝寒鴉這個國王當選人撲來，將牠身上借來的羽毛拔光，讓牠原形畢露。

老鼠和黃鼠狼

老鼠和黃鼠狼之間戰事頻仍，老鼠總是吃敗仗，陸續有不少老鼠都被黃鼠狼殺死並吃掉。

於是老鼠開了場戰略會議，有隻年紀大的老鼠站起來並說：「我們沒有將軍負責策劃戰略，指揮我們在沙場上的行動，難怪我們老是被打敗。」

大家聽從牠的建言，選出一批最壯碩的老鼠擔任眾鼠的將領，這些老鼠為了跟普通士兵區分開來，替自己準備了以乾草作為頂飾的頭盔。

將領率領眾鼠出戰，滿懷戰勝的信心，但照例潰不成軍，不久眾鼠便驚惶奔逃，急忙躲回自己的鼠洞。

眾鼠兵毫無困難回到了安全的地方，只有那些將領因為標示軍階的頂飾擋住了去路，最終輕易遭到追捕者殺害。

偉大有其不利後果。

兔和龜

有天兔子嘲笑龜動作緩慢。

龜說：「等等，我來跟你賽跑，我打賭我絕對會贏。」

這個想法讓兔子興味盎然，兔子回答道：「噢，這個嘛，咱們來試試看吧。」

不久牠們就約好請狐狸替牠們設定路線並擔任裁判。時候到了，兔和龜一起開跑，但兔子很快就往前跑得很遠，心想自己可以休息一下，於是躺下來深深入睡。

同時，龜持續埋頭往前走，及時抵達了目的地。

最後兔子驚醒過來，以最快速度往前衝刺，卻發現龜已經贏得比賽。

緩慢穩健贏得比賽。

驢子、公雞和獅子

驢子和公雞一起住在牲口棚裡。餓了好幾天的獅子，走過來準備攻擊驢子，飽食一餐。

這時公雞站直了身子，猛撲翅膀，發出響亮的啼鳴。獅子什麼都不怕，就怕公雞的啼聲。

這獅子一聽到公雞叫，趕忙逃之夭夭。驢子看到這個情景，興高采烈，以為這獅子如果無法面對公雞，更不可能公然挑戰驢子。

於是驢子跑出棚外，追著獅子跑。

可是等看不到也聽不見公雞時，獅子突然轉而撲向驢子，將牠吃下肚。

虛妄的信心往往會導致災難。

公牛和小牛

成年公牛正掙扎著要把巨大身軀擠進牛舍的窄門，牠的畜欄就在裡頭。

這時，有隻年幼的小牛走過來對牠說：「如果你讓開一下，我會告訴你走哪裡才穿得過去。」

公牛一臉興味，望向小牛並說：「在你出生以前，我就知道那個走法了。」

扛神像的驢子

有個人將神像放在驢子背上，要帶到城裡的一座神廟。沿途的人為了向神像表示敬意，紛紛摘下帽子，鞠躬行禮。

但驢子以為路人是因為尊敬牠而這麼做，開始裝腔作勢，最後自大到想像自己可以為所欲為，為了抗議身上背負的重擔，牠完全停下腳步，拒絕繼續往前。

趕驢的人發現驢子這麼固執，便拿棒子狠狠揍了牠許久，同時說：「噢，你這個愚蠢的白痴，你以為人類會淪落到崇拜驢子嗎？」

獵犬和狐狸

獵犬在森林裡遊蕩，瞥見了一頭獅子。這隻獵犬以往習慣追捕較小的獵物，但還是追了上去，認為有獅子當獵物也不錯。

此時獅子察覺自己受到追逐，便驟然停步，轉過身面對獵犬，放聲咆哮。獵犬旋即轉身逃跑。

狐狸看到獵犬逃之夭夭，便譏笑牠說：「哈！哈！膽小鬼追著獅子跑，等獅子怒吼就趕緊逃。」

狗和狐狸

幾條狗有一次發現獅子的皮，用牙齒扣住、反覆啃咬。

這時狐狸路過，並說：「你們一定自以為非常勇敢。可是，如果那是活獅子，你們肯定會發現牠的爪子比你們的牙齒銳利許多。」

屋頂上的孩子

有個孩子受到茅草屋頂裡生長的草和其他東西所吸引，爬上了屋外廁所的屋頂。

他站在上頭隨意瀏覽時，瞥見有狼從下面走過，孩子嘲笑狼說，牠抓不到他。

但這頭狼只是抬起頭並說：「我聽到你說的話了，我的年輕朋友。可是有資格嘲弄我的不是你，而是你腳下踩的屋頂。」

狗和獸皮

從前從前，有幾條狗餓壞了，看到幾張獸皮泡在河裡，可是因為河水太深，搆不到那些皮。

於是牠們聚首商量，決定將河水喝乾，直到水位淺到可以搆到那些獸皮為止。

但是距離達成目標還很遠，牠們就喝水喝到漲破了肚皮。

鷹、鳶和鴿子

鴿舍裡的鴿子受到鳶的迫害，鳶偶爾會俯衝下來抓走一隻鴿。

於是鴿群邀請一隻鷹進來鴿舍，協助防範敵人鳶。

但鴿群很快就為自己的愚行懊悔不已；因為鷹在一天當中殺死的鴿子，超過了一年死於鳶手中的總數。

獅子和驢子

獅子和驢子一起結伴去打獵，最後來到一處洞穴，裡面有幾隻野生山羊。

獅子在洞口站定，等待山羊出來，驢子則走進洞裡狂叫不停，想把山羊嚇得逃到外頭去。山羊出現的時候，獅子一隻隻將之擊斃。

山洞空了以後，驢子走出來並說：「如何？我嚇唬牠們的功夫很不賴吧？」獅子說：「欸，要不是我知道你是頭驢子，我自己也會轉身就逃。」

弄丟鏟子的男人

男人忙著挖葡萄園，某天上工的時候，卻四處找不到自己的鏟子，心想可能被他底下一個工人偷走了。

他仔細盤問他們，但他們都稱聲不知情。他們的否認說服不了男人，男人堅持要他們進城去，到神廟裡宣誓自己並未犯下偷盜之罪。

這是因為男人對單純的鄉下神祇評價不高，認為城市的神祇更機靈，竊賊肯定逃不過神祇的法眼。

一行人踏進城門時，頭一件聽到的事是街頭公告員正在宣布，有人偷了城市神廟裡的東西，知情通報者可以得到獎賞。

男人自言自語：「唔，我想我最好回家去。要是這些城市神祇連誰偷走自己廟宇的東西都看不出來，也不大可能告訴我，到底是誰偷了我的鏟子。」

無賴和神諭

無賴下了賭注，說要去神廟問事，想藉由獲得錯誤的回答，證明傳達德爾菲神諭的祭司並不可靠。

於是他手裡抓著一隻小鳥，藏在披風的衣褶之中，在指定的日子前往神廟，問祭司他手裡握的東西是死是活。

如果神諭祭司說「死的」，他打算讓小鳥活命，拿著活鳥出來；如果答案是「活著，」他打算扭斷小鳥脖子，拿出死鳥來。

但神諭祭司一舉打敗了他，因為他得到的答案是：「陌生人，不管你手裡握著的東西是死是活，全都憑靠你個人的意志。」

鐵匠和他的狗

鐵匠有一隻小小狗。主人上工時，小狗都在呼呼大睡，但是到了用餐時間，小狗就會無比清醒。

有一天，小狗主人假裝對這點很厭惡，照例丟骨頭給小狗啃，並說：「像你這樣懶惰的賤狗到底有什麼用處？我忙著在鐵砧上敲打的時候，你只是蜷起身子自顧自睡覺。可是我一停下來要吃東西，你就醒過來，搖著尾巴要人餵你。」

不工作的人活該挨餓。

關於抄作業的危險

鷹、寒鴉、牧羊人

有一天，寒鴉看到老鷹朝羔羊俯衝，以爪子攫走了羔羊。

寒鴉說：「哎呀，這我也辦得到。」於是飛到高空，然後使勁鼓動翅膀，直直往下撲向一頭大公羊的背。

寒鴉一降落在羊背上，爪子便被羊毛纏住，無論怎麼努力都掙脫不了，於是困在原地狂拍翅膀，但狀況只是越來越糟。

不久，牧羊人走了過來，說：「欸，你在幹嘛呢？」然後一把揪住寒鴉，剪了牠的翅膀，帶回家送給孩子。

寒鴉模樣很奇怪，孩子摸不著頭腦，問：「這是哪種鳥啊？爸爸。」

牧羊人回答：「是寒鴉，只是寒鴉罷了，可是牠希望別人當牠是老鷹。」

如果你自不量力，只會白費力氣，不只會遭遇不幸，也會招來訕笑。

烏鴉和渡鴉

烏鴉非常嫉妒渡鴉，因為人類將渡鴉當作能預言未來的神鳥，因此對渡鴉極為敬重。

烏鴉急著要替自己爭取同樣的聲望。有一天，看到幾個旅人走近，烏鴉飛上路邊的樹梢，放聲嘎嘎叫。旅人聽到那個聲音一時驚慌，因為害怕是不祥的預兆。

最後，其中一個人瞥見是烏鴉，便對同伴說：「我的朋友，不要緊，只是烏鴉，沒什麼意義。咱們不必害怕，可以繼續往前走。」

龜和鷹

龜不滿足牠卑下的生活，嫉妒鳥兒可以在空中自娛，於是懇求老鷹教牠怎麼飛。

老鷹抗議說，龜天生沒有翅膀，嘗試飛翔只是徒勞。可是龜纏著鷹百般懇求，承諾要送寶物答謝，堅持說問題只在於學習空中的技藝。

於是鷹終於同意盡自己所能，用爪子抓著龜往上升騰。帶著龜前往空中極高的地方，然後放開爪子，可憐的龜一頭往下栽，最後在岩石上撞得粉身碎骨。

猴子和駱駝

在所有野獸的集會上，猴子施展舞技，大大娛樂了眾獸。

表演結束時，響起如雷掌聲，激起了駱駝的嫉妒，牠想藉由同樣手段，贏得全體的贊賞。

於是駱駝從位子上站起來，開始跳舞，牠衝來衝去，模樣相當荒謬，以笨拙的體態做出如此醜惡的展現，最後眾獸全都揶揄他，湧上來將牠趕開。

寒鴉和鴿子

有隻寒鴉看著農場院落裡的鴿子，看到牠們吃飽喝足，覺得相當嫉妒，下定決心假扮成鴿子，分點牠們享有的好東西。

於是牠將自己從頭到腳塗成白色，混入了鴿群；只要牠不開口，鴿子從不懷疑牠並非同類。

但某天，寒鴉一時不智，開口閒聊，鴿子立刻看穿牠的偽裝，對牠發動無情的啄擊。

牠很高興自己成功逃離，回到自己同類的行列。但牠身披白裝，其他寒鴉都認不出來，不肯讓牠一起共食並將牠驅離。

最後牠落得無家可歸，只能在外流浪。

小丑和鄉下人

一位貴族對外宣布，說他準備在劇場提供公開的餘興活動，表演出奇制勝的人可以獲得豐厚的獎賞。

這麼一宣布，引來不少魔術師、雜耍員和雜技員，這當中有個小丑，很受群眾的歡迎，對外宣稱他打算推出嶄新的表演。

表演的日子到了，演出開場之前，劇場從上到下擠滿了人，好幾個表演者展現了他們的絕技，然後那個備受歡迎的小丑空著手，獨自上台。

觀眾席立刻一片鴉雀無聲；小丑將腦袋垂在胸前，然後模仿豬叫，唯妙唯肖，觀眾堅持要他拿出動物來，他們說他一定把那頭動物藏在身上某個地方。不過他最終說服大家，他根本沒帶豬來，迎來了震耳的掌聲。

觀眾當中有個鄉下人，他對小丑的表演嗤之以鼻，宣布隔天會以更上乘的手法展現同一招數。

翌日，劇場再次擠得水泄不通，小丑又在群眾的歡呼聲中進行模仿秀。

鄉下人上台前悄悄塞了隻小豬仔到自己的罩衫底下，觀眾態度嘲諷，要他端出更好的表演，他掐了小豬耳朵一把，讓小豬高聲吱吱叫。但大家異口同聲喊說，小丑的模仿更為栩栩如生。

這時鄉下人從罩衫底下抱出那隻豬，語帶諷刺說：「喏，看看你們的判斷力是什麼樣！」

捕鳥人、鷓鴣和公雞

有一天，捕鳥人坐下來吃一頓貧乏的晚餐，只有藥草配麵包。

有個朋友出其不意來訪。家中的食品儲藏室空空如也，於是捕鳥人走出門逮住馴服的鷓鴣，是他平日拿來當誘餌用的。

他正準備扭斷鷓鴣脖子的時候，鷓鴣喊道：「你一定不會殺我吧？欸，你下次出門捕鳥的時候，要是沒有我的幫忙，你要怎麼辦？要怎麼讓鳥來到你的捕網？」

聽到這番話，捕鳥人鬆手放走了鷓鴣，然後走到雞舍去，那裡養了隻豐滿的年輕公雞。公雞知道捕鳥人的意圖之後，同樣懇求饒牠一命，並說：「如果你殺了我，要怎麼知道夜裡的時間？該工作的時候，誰要在早上叫醒你？」

不過，捕鳥人回答道：「我知道你的用途是報時。可是儘管如此，我總不能讓我朋友沒吃晚餐，空著肚子去上床睡覺吧。」語畢，便抓起公雞，扭斷牠的脖子。

驢子和寵物狗

從前有個男人養了頭驢子和一隻寵物狗。

驢子住在畜舍裡，有足夠的燕麥和草料可吃；就驢子來說，日子過得相當舒適。

這隻小狗很適合在主人身邊當寵物，主人會撫摸牠，常常讓牠躺在自己的懷裡。如果主人出門吃飯，就會帶點好東西回來，返抵家門，小狗跑來迎接時，就會分給小狗嚐嚐。

確實，這頭驢子有不少工作得做，要

拖載穀物、碾磨穀物，或是扛載農場上的重物。比起小寵物狗的自在和悠閒，驢子的生活辛苦勞碌，不久，驢子變得非常嫉妒。

有一天牠扯斷自己的轠繩，溜進屋子裡，主人正要坐下來吃晚餐，驢子模仿寵物狗的嬉戲，蹦跳胡鬧，這番笨拙的努力不僅掀倒了餐桌，也砸破了餐具。驢子這樣還不滿足，甚至嘗試跳進主人的懷裡，牠之前常常看到小狗這麼做。

一見主人陷入危險，僕人拿了枝條和棍棒，將這頭蠢驢子毒打一頓並趕回畜舍。

驢子被打得半死不活。驢子喊道：

「唉！是我給自己招來這樣的禍事。我為什麼不能滿足於符合本性的體面地位，不要想去模仿那條無用小寵物狗的荒唐噱頭？」

關於慣性思維

驢子和趕驢人

驢子被趕著走下山路，明智地往前跑一陣子之後，突然偏離路線，衝到斷崖的邊緣。

驢子正準備從邊緣往下一躍，趕驢人及時抓住了驢尾巴，卯盡全力要拉牠回來。

可是不管怎麼拉，驢子都不肯從邊緣挪開一步，最後趕驢人放棄了，喊著：「好吧，儘管照你的意思跳到底下去吧。不過你很快就會發現，那是通往斃命的道路。」

黑人

有個男人曾經買了一個衣索比亞奴隸，奴隸皮膚黝黑，就像每個衣索比亞人依樣。

可是新主人認為他的膚色是因為上一位主人的疏忽，以為奴隸只是需要好好刷洗一番。於是男人用了很多肥皂和熱水，鍥而不捨刷洗奴隸，但是一點效用也沒有，奴隸的皮膚照樣黑黝黝。

而那個可憐的傢伙最後因為染上感冒而丟了小命。

兩隻青蛙

兩隻青蛙是鄰居。

一隻住在沼澤裡，那裡水源充分，青蛙一般都很喜愛；另一隻住在隔了點距離的巷道，那裡唯一的水源是蓄積在車轍裡的雨水。

沼澤青蛙警告朋友，要他過來沼澤一起生活，在那裡會住得更舒服——以及更重要的——更安全。可是另一隻青蛙拒絕了，說自己沒辦法搬離住慣的地方。

幾天之後，一輛貨車駛過巷道，那隻青蛙便被車輪碾斃了。

園丁和他的狗

園丁的狗摔進一口深井，那裡是園丁用繩子和桶子汲水給菜園的植物用的。

園丁用繩子加桶子還是救不出狗來，為了帶狗上來，只好親自下了水井。但狗以為主人過來是為了要溺死牠，於是主人一接近，狗便狠狠咬了主人，讓他傷得很重。

最後園丁只好任狗自生自滅，爬出水井時一邊說：「我試圖拯救一心求死的傢伙，是我自作自受。」

籠中鳥和蝙蝠

有個鳥籠掛在窗外，裡頭關著一隻鳴鳥，這隻鳥習慣在其他鳥類入睡的夜裡啼唱。

有天晚上，一隻蝙蝠飛來，攀住鳥籠的桿子，問小鳥牠為什麼白天安靜，只在夜裡歌唱。

小鳥說：「我這麼做的理由很充分，我以前在白天唱歌時，捕鳥人受到我歌聲的吸引，設下網羅逮到我。從那之後我只在晚上唱歌。」

但蝙蝠回答：「你現在都已經成為囚徒了，這樣做也沒用了。如果你被逮以前這麼做，你可能還擁有自由。」

亡羊補牢爲時已晚。

大力士神海克力斯和馬車夫

馬車夫駕著載滿貨物的馬車，沿著滿地泥濘的巷道往前走。這時車輪深深陷進泥沼，馬匹怎麼使勁都脫離不了。他站在那裡茫然無助看著，偶爾大聲呼喚海克力斯前來幫忙。

神現身了並對他說：「用肩膀抵住車輪，然後驅趕你的馬往前走，這樣你才可以呼喚海克力斯過來幫忙。如果你自己都不出一點力，一根手指也不動，也不能冀望海克力斯或其他人出面幫你的忙。」

男孩和蕁麻

男孩在樹籬上採集莓果的時候，手被蕁麻刺傷。

他痛得好難受，跑去告訴母親，邊啜泣邊對母親說：「我只是輕輕碰了蕁麻一下，媽媽。」

母親說：「那就是你被刺傷的原因，兒子。如果你牢牢抓住它，它反而完全傷不到你。」

無論做什麼，都要全力以赴。

牛欄裡的鹿

公鹿被獵犬追著離開了獸穴，躲進農家庭院避難，走進養了幾頭公牛的牛棚，擠進了空欄裡的一堆乾草底下，躺在那裡躲好，只露出了頭角角尖。

有頭公牛對公鹿說：「你怎麼會想進來這邊？你難道不知道你可能被牧人逮到嗎？」

公鹿回答：「請讓我暫時待在這裡，天一黑，我就可以在夜色的掩護下輕鬆逃走。」

下午有不只一位農工進來照顧牲口的需求，但是一直沒人注意到公鹿，公鹿開始慶幸自己成功逃離，並向公牛表達感激。

之前說過話的那頭公牛說：「我們都祝你好運，可是你還沒脫離險境。如果主人來了，肯定會發現你，因為什麼都逃不過他的利眼。」

此時，主人走了進來，對牛隻的照料狀況大驚小怪一番，他喊道：「這些動物都在挨餓，喏，餵牠們更多糧秣，在牠們底下墊更多乾草。」

他邊說邊從公鹿的藏身處捧起滿懷的乾草，立刻看見了公鹿。他馬上將雇工叫來，抓住公鹿，殺了加菜。

男孩和蝸牛

農人的兒子去找蝸牛，撿了滿手之後，準備生火烤來吃。

火點燃了以後，蝸牛開始感受到熱氣，就漸漸縮進了殼裡，一面發出慣有的嘶嘶聲。

男孩聽到的時候便說：「你們這些可悲的東西，你們的家都起火了，怎麼還有心情吹口哨？」[10]

任何不合時宜的舉動，都可能會招來嘲笑。

狐狸和獅子

有隻狐狸從未見過獅子，有天與一頭獅子狹路相逢。狐狸碰見獅子，驚恐萬分，嚇得魂飛魄散。

不久，狐狸又碰上那隻獅子，雖然還是相當害怕，但沒有頭一次那麼恐懼。

第三次見到獅子時，狐狸一點都不害怕，還走了過去，跟獅子閒聊起來，彷彿認識了一輩子似的。

關於謊言
總是包裝得有模有樣

貓和鳥

有隻貓聽說鳥舍的小鳥身體不適，於是假扮成醫生，隨身帶了一組醫療器材出門去。到了鳥舍門前，貓詢問眾鳥的健康狀況。

「要是以後可以不用再見到你，我們都會過得很好。」眾鳥回答，不肯讓貓進門。

惡徒可以偽裝自己，但騙不過智者。

狼和綿羊

狼被狗群追咬，傷勢嚴重，倒臥許久只能等死。

但狼後來漸漸開始恢復元氣，饑腸轆轆，於是向路過的綿羊呼喚：「你能不能行行好，到附近的小溪帶點水回來給我？要是我可以喝點東西，找肉吃就不成問題。」

但這隻綿羊可不是傻蛋。綿羊說：「我很清楚，要是我帶水來給你，你三兩下就能肉到擒來。早安。」

185　關於謊言總是包裝得有模有樣

貓和鼠

從前有棟房子鼠滿為患。

有隻貓聽說了這件事，對自己說：「那個地方正好適合我。」

貓到了那棟房子，在裡頭找到了棲居的角落，一天逮一隻老鼠充飢。最後鼠群再也無法忍受，決定躲進洞裡，待在那裡不出來。

貓自言自語，「這可尷尬了，只能靠詭計將老鼠誘騙出來。」貓思索一陣子之後爬上牆壁，以後腿攀住掛勾，倒掛著裝死。

好不容易有隻老鼠探出頭來，看到貓掛在那裡，便喊道：「啊哈！算你厲害，女士；如果你想要，儘管把自己變成掛在那裡的一袋麥粉，可是我們說什麼也不會靠近，你休想抓到我們。」

如果你有足夠智慧，危險人物故作無辜時，你也不會上當受騙。

牧羊少年和狼

少年在村莊附近牧羊，覺得要是假裝有綿羊被狼攻擊的情況來愚弄村民，一定會很有趣。

於是他放聲大喊：「狼來了！狼來了！」大家紛紛跑過來的時候，他嘲笑他們白費力氣。

他這樣做了不只一次，每次村民都發現自己被騙，因為根本沒有狼。

最後有隻狼真的來了，男孩嚷嚷：「狼來了！狼來了！」但大家已經很習慣聽他這麼喊，把他的求救聲當耳邊風。

於是那隻狼為所欲為，好整以暇殺掉了所有的綿羊。

騙子說實話的時候，你也信不過他。

狐狸和烏鴉

烏鴉棲在樹枝上，嘴裡啣了塊乳酪，狐狸注意到之後，腦筋轉了轉，想將那塊乳酪弄到手。

狐狸來到樹下，站著仰起頭說：「上面那隻鳥好高貴！牠的美貌真是無以倫比，羽毛的色調真是細緻。要是歌喉也跟外表一樣美好，肯定應該作為鳥類中的女王。」

烏鴉聽了這番吹捧，心花怒放，為了讓狐狸看看牠也有副好歌喉，便扯開嗓門嘎嘎叫了一聲。

乳酪當然往下掉了，狐狸一把咬住並說：「女士，您的聲音確實不賴，但您缺的是腦袋。」

189　關於謊言總是包裝得有模有樣

狐狸和蚱蜢

蚱蜢坐在樹木枝椏間吱吱唧唧。狐狸聽見了，想說蚱蜢應該是美味的餐點。

狐狸站在樹下，可以清楚看到蚱蜢；狐狸以無比奉承的話語讚美蚱蜢的歌聲，懇求蚱蜢從樹上下來。狐狸說這種聲音如此動聽，真想認識聲音的主人。

可是蚱蜢並未上當，答說：「親愛的閣下，如果你以為我會下來，那你真是誤會大了。打從我看到狐狸巢穴的出口附近，撒了滿地的蚱蜢翅膀，我就遠遠避開你和你的同類。」

被狼追的羔羊

狼追捕羔羊，羔羊躲進神廟避難。

狼催促羔羊出來，並說：「你如果不出來，祭司肯定會逮住你，拿你到神壇那裡獻祭。」

羔羊回答：「謝謝，我想我留在這邊就好。我寧可隨時被拿去當祭品，也不要被狼吃掉。」

狐狸和山羊

狐狸跌進井裡，再也出不來。好不容易有隻口渴的山羊路過，看到狐狸在井裡，便問狐狸水質如何。

狐狸說：「你問水質好嗎？是我這輩子嚐過最好喝的水了。下來自己試試吧。」

山羊滿腦子只有解渴這件事，於是立刻跳了進去。山羊喝夠了以後，跟狐狸之前一樣，東張西望，想找離開水井的方法，但一無所獲。

這時狐狸說：「有了，你用後腿站起來，前腿牢牢搭在水井的內牆上，我爬到你的背上去，再踩著你的頭角，我就能出去了。等我出去以後，我也會幫你離開水井。」

山羊照著狐狸的要求做，狐狸攀上山羊的背，順利離開了水井，冷淡地越走越遠。山羊大聲呼喚狐狸，提醒狐狸幫忙牠出井的承諾。

但狐狸只是轉身說：「如果你的腦子跟你的鬍鬚一樣多，你會先確定自己能不能出來，才會進水井。」

蚱蜢和貓頭鷹

貓頭鷹住在一棵中空樹木裡，習慣夜間覓食、日間睡覺。有隻蚱蜢住進樹枝之間，頻頻發出吱啾聲，打攪貓頭鷹的清夢。

貓頭鷹反覆請求蚱蜢為牠的舒適著想，但蚱蜢只是吱啾得更大聲。最後貓頭鷹再也受不了，決心用妙計解決掉那隻害蟲。

貓頭鷹以最討喜的態度向蚱蜢說：

「相信我，你的歌聲就跟阿波羅彈奏七弦豎琴一樣動聽，既然你發出的歌聲讓我難以成眠，我打算嚐嚐神酒，是女神密涅瓦前陣子送我的。要不要過來一起享用？」

貓頭鷹對樂聲的讚美，讓蚱蜢聽了樂陶陶，而且聽到可口的飲品也不禁垂涎，於是說很樂意接受邀請。蚱蜢一踏進貓頭鷹棲坐的洞裡，貓頭鷹便撲了過去，一口吃掉牠。

猴子為王

全體動物齊聚一堂，猴子跳舞娛樂大家，眾獸高興得選立牠為王。不過，狐狸對猴子得到提拔滿心嫌惡，某天找到裡頭放了肉的陷阱，將猴子帶到那裡並對牠說：「大王，我找到了一點佳餚，我自己沒拿，因為我想應該要保留給您，我們的國王。您願意接受嗎？」猴子立刻伸手去拿，結果困在了陷阱裡。

猴子忿忿不平，痛斥狐狸，但狐狸只是笑著說：「猴子，你自稱萬獸之王，腦袋卻不夠靈光，隨隨便便就上當！」

捕鳥人和雲雀

捕鳥人設下網羅想要捕捉小鳥時，雲雀走上來問他在做什麼。

「我忙著建立一座城市。」捕鳥人說，語畢便退開一段距離，躲藏起來。

雲雀無比好奇，細看那些網子，然後瞥見了誘餌，跳上去要吃，就被困在網羅中。捕鳥人快速跑過來，抓住雲雀。

雲雀說：「我真是愚蠢至極！但是不管怎樣，如果這是你在建造的那種城市，你得花很久時間，才能找到足夠的傻子填滿它。」

狼和山羊

狼瞥見山羊啃著長在陡峭的岩石頂端、稀稀疏疏的草。狼抓不到遠在上方的山羊，想勸誘牠往下走。

狼呼喚：「女士，你在那麼高的地方，會有性命危險，真的，請聽我的勸，下來這裡，這邊可以找到不少更好的糧食。」

山羊心領神會，瞟了狼一眼。「你才不在乎我吃到的草品質好壞，你想要的是吃掉我。」

戀愛中的獅子

獅子深深愛上農工的女兒，想娶她為妻。但她父親不願意將女兒交給這麼嚇人的丈夫，可是又不願意冒犯獅子。於是他想到以下的權宜之計。

他去找獅子並說：「我想你很適合當我女兒的丈夫，但除非你讓我拔掉你的利牙和指甲，因為我女兒很怕這些東西，不然我無法同意你們共結連理。」

獅子被愛沖昏了頭，同意了這麼做。而獅子一旦卸除了爪和牙的武裝，農工再也不怕獅子，便用棍棒將牠趕走了。

195 關於謊言總是包裝得有模有樣

狼和狗

從前從前，狼對狗說：「我們為什麼要繼續敵對下去？你們在好多方面都跟我們這麼相像。我們之間主要的差別只在於訓練。我們過著自由不羈的生活；你們則受到人類的奴役。他們會毆打你們，往你們脖子上掛笨重的項圈，逼你們看守羊群和畜群；最糟糕的是，他們只給你們骨頭吃，其他什麼都沒有。別再忍受下去了，把羊群交給我們，咱們可以一起過著養尊處優，盡情吃喝的生活。」

狼的這番話說服了狗，狗讓狼進入牠們的窩巢。但狼才走進來，立刻朝狗撲襲，將狗撕成碎碎片片。

叛徒完全是咎由自取。

狡猾的獅子

獅子看著胖公牛在草地上吃草，想到牠會是多麼美味的一餐，不禁垂涎三尺，但獅子害怕公牛銳利的頭角，不敢恣意發動攻擊。

不過，飢餓讓獅子不得不採取行動，既然使用蠻力不保證會成功，獅子決心訴諸於奸計。

獅子態度友好地走向公牛，對牠說：「我忍不住要說，我多麼欣賞你的雄偉體態，搶眼的腦袋，強大的肩膀和大腿！但是，我親愛的朋友，你為什麼要頂著那雙醜陋的頭角呢？你肯定覺得它們不只刺眼，也很彆扭吧。相信我，沒有頭角，你看起來會賞心悅目許多。」

公牛笨得被這番奉承給說服了，於是找人替牠割掉頭角。公牛現在失去了自衛的唯一工具，三兩下就淪為獅子的獵物。

女人和農人

最近剛剛喪夫的婦人天天都到墳前哀嘆自己的失去。

有個農夫在不遠的地方忙著犁地，看上了這個寡婦，想要娶她為妻。於是他拋下犁具，走來坐在婦人身邊開始流淚。

婦人問農夫為何哭泣，農夫回答：「我最近失去了親愛的妻子，淚水可以減緩我的悲傷。」

婦人說：「我最近也失去了丈夫。」於是有一陣子兩人默默哀悼。

接著農夫說：「既然我們兩人處境相似，我們結婚同住是不是好點？我會取代你先夫的位置，而你就代替我死去的妻子。」這個計畫確實合情合理，婦人同意了，兩人抹乾淚水。

這時有個賊跑來偷走了農夫跟著犁具一起拋下的公牛。農夫發現遭竊之後，為了自己的損失搥胸頓足、大聲痛哭。

婦人聽見農夫的哭喊，走過來並說：「欸，你怎麼還在哭呢？」

農夫聽了答道：「對，而且這次是哭真的。」

蝙蝠和黃鼠狼

一隻蝙蝠跌到地上，被黃鼠狼逮個正著。蝙蝠正要被殺並吃掉時，苦苦哀求對方放過牠。

黃鼠狼說牠辦不到，因為原則上牠是所有鳥類的敵人。

但蝙蝠說：「噢，可是我根本不是小鳥，我是老鼠。」

黃鼠狼說：「現在仔細一看，說得有理。」於是放蝙蝠一條生路。

過一陣子之後，這隻蝙蝠又以同樣方式被黃鼠狼逮到，就如以前，哀求對方饒命。這隻黃鼠狼說：「不，我絕對不放老鼠走。」

蝙蝠說：「可是我不是老鼠，我是小鳥。」

這隻黃鼠狼說：「欸，說得也是。」也放了蝙蝠走。

在全心投入以前，先好好觀察風向。

狼和馬

狼四處閒逛，來到了一片燕麥田，但是狼沒辦法吃這些東西，繼續往前走的時候，有隻馬走了過來。

狼說：「欸，這裡有一片很不錯的燕麥田，為了你，我碰也沒碰，要是能聽到你牙齒嚼著成熟穀物的聲響，我會很享受。」

但馬回答：「如果狼真的吃燕麥，我的優秀朋友，你就不會為了讓自己的耳朵享受，而犧牲自己的肚皮。」

獵人和騎士

獵人出外追捕獵物，成功捕獲兔子。獵人正要把兔子帶回家時，途中碰到一個騎馬的人。

騎士對他說：「先生，看來你抓到獵物了。」然後說要出錢買下來。獵人欣然同意，但騎士一拿到兔子，便猛蹬馬刺，策馬揚長而去。

獵人追在後頭跑了一陣子，但不久便領悟到自己受騙了，於是放棄追趕。為了挽回顏面，對著騎士的背影大喊：「好

Arthur Rackham

吧，先生，儘管把兔子拿去吧，反正那原本就是要當禮物送人的。」

關於言不由衷

沒有尾巴的狐狸

狐狸有一次摔進陷阱，在苦苦掙扎過後，牠好不容易成功掙脫出來，卻失去了尾巴。

牠對自己的外表深感羞愧，覺得人生不值得活下去，除非可以說服其他狐狸也捨棄牠們的尾巴，這樣大家就不會注意到牠的損失。

於是牠將所有的狐狸召集過來，奉勸牠們割掉自己的尾巴。

牠說：「反正尾巴又醜又笨重，老是隨身帶著，令人厭倦。」

可是有隻狐狸說：「我的朋友，如果你沒失去尾巴，就不會急著要我們割掉自己的了吧。」

老人和死神

老人在樹林裡替自己砍了捆柴，要扛著回家。

路途遙遠，才過了半途不久，老人就累壞了，將那捆木柴丟在地上，呼喚死神過來，讓他從勞苦的人生中解脫。

令他驚慌的是，話才說出口，死神轉眼站在他面前，表明樂意為他效勞。

老人嚇得六神無主，但鎮定下來吞吞吐吐說：「大人，如果你願意，煩請幫忙把柴捆放回我背上。」

獅子、老鼠和狐狸

獅子躺在自己的獸穴門口睡覺，這時有隻老鼠跑過牠的背上，癢得牠驚醒過來，開始東張西望，想看看是什麼打攪了牠。

便一隻旁觀的狐狸想說可以趁機捉弄獅子，開個玩笑，於是說：「喲，這還是我頭一回看到獅子怕老鼠。」

獅子暴躁地說：「怕老鼠？我才不怕！我是受不了牠的失禮。」

狼、母親和她孩子

狼饑腸轆轆，四處覓食。

狼受到孩子哭聲的吸引，來到一間木屋旁。

狼蹲伏在窗戶下面時，聽到母親對孩子說：「拜託，別再哭了，要不然我把你丟去餵狼！」

狼以為她真心這麼想，在那裡等了又等，以為自己有機會填飽肚皮。

到了晚上，狼聽到那個母親撫弄孩子，一邊說：「要是調皮的狼來了，也別想抓到我的孩子，爹地會殺了牠的。」

狼反感至極，站起身走了開來，一面自言自語：「住那房子的人所說的話，沒一個字能信。」

雲雀和農夫

雲雀在一片小麥田裡築巢，在漸漸成熟的穀物掩護下扶養自己的雛鳥。

有一天，雛鳥的羽翼還沒長全，農夫過來檢查穀物，發現變黃得很快。

他說：「我一定要把消息傳出去，叫鄰居過來幫我一起收成。」

其中一隻雲雀聽見了，非常害怕，問母親是不是最好趕快搬家。

母親說：「不用急，指望朋友幫忙的人，做起事來不會快。」

過了幾天，那個農夫又來了，看到麥粒已經過熟，都從麥穗脫落，掉到地上了。

農夫說：「不能再拖延了，我今天要立刻雇人過來上工。」

雲雀聽見了，便對孩子說：「來吧，我的孩子，咱們非走不可了。他現在講的不是朋友，而是準備自己出馬了。」

自助是最棒的幫助。

狐狸和葡萄

狐狸肚子餓了，看到一串串肥美的葡萄從高高棚架上的藤蔓垂下。

為了摘葡萄，牠盡可能往空中高高躍起，但白忙一場，怎麼也搆不著。

於是狐狸放棄嘗試，昂首闊步、態度淡漠走了開來，一面說：「我還以為那些葡萄熟了，可是現在看來它們還滿酸的。」

關於報復

牛和屠夫

從前從前，牛下訂決心要向帶來族群浩劫的屠夫報仇，打算找個日子殺死他們。

牛群聚在一起，討論怎麼執行計畫最好，最暴力的那些牛為了這場爭鬥，忙著磨利頭角。

這時有隻老牛站起來並說：「我的兄弟，我知道你們大有理由憎恨這些屠夫，可是他們懂得自己的行當，屠宰時會避免不必要的痛苦。要是殺了這些屠夫，會有其他沒經驗的人來宰殺我們；到時他們動作笨拙，反倒會害我們承受更大的痛苦。因為可以確定的是，即使所有的屠夫都死了，人類依然還是會想要吃牛肉。」

肚子和四肢

身體的四肢有一次群起反抗肚子。

它們對肚子說：「你啊，過得優渥懶散，一點工作也不做；我們不只要做所有的苦工，還要當你的奴隸，照顧你的需求。現在我們再也不願意這麼做了，未來你自己想辦法。」

它們說到做到，任由肚子挨餓。最後會有什麼結果，也在意料之中。

全身不久就開始衰敗，四肢和一切全都垮了。等它們明白自己有多愚蠢時，已經遲了一步。

黃蜂和蛇

黃蜂停在蛇的腦袋上，不只螫了蛇好幾回，還固執地攀住受害者的腦袋不放。

蛇痛得快發狂，用盡一切辦法想擺脫黃蜂，但怎麼都不成功。

最後蛇走投無路，喊著：「我要殺了你，即使拿我的生命作為代價也在所不惜。」

蛇將黃蜂連同自己的腦袋，探進路過的貨車輪子下面，蛇蜂兩方同歸於盡。

禿子和蒼蠅

蠅蚋停在禿子頭頂，咬了他一口。禿子急著殺死蠅蚋，猛拍自己腦袋。

但蠅蚋逃了開來，嘲諷地對禿子說：「我才咬你一小口，你就想殺掉我。現在你對自己下了重手，又該怎麼懲罰自己？」

禿子回答：「噢，剛剛那一擊，我不會懷恨在心，因為我從來無意傷害自己。至於你，你這個卑劣的蟲子，靠著吸人血而活，為了從殺你得到滿足，我願意承受的，遠遠超過剛剛那一擊！」

鮪魚和海豚

鮪魚被海豚追著跑，以極快速度在水中嘩啦啦竄逃，但海豚漸漸追上了牠。海豚即將抓住鮪魚時，鮪魚被自己逃離的力道推上了沙岸。

窮追不捨的海豚跟了過去，最後雙方都脫離了水，躺著拚命喘氣。

鮪魚看到敵人跟自己一樣在劫難逃，說：「我現在不在意死去，因為我看到我死亡的起因也落入了同樣的命運。」

工人和蛇

工人的小兒子被蛇咬了一口，最後死於傷勢。

這位父親悲痛逾恆，一氣之下，抓起斧頭衝到蛇洞那裡，站得很近，想看有沒有機會殺死蛇。

這時蛇出來了，男人瞄準好牠出手，但只有成功砍掉牠尾巴尖端，蛇又溜進洞裡。

接著工人試圖再把蛇引出來，假裝想跟蛇講和。

但蛇說：「我失去尾巴，再也無法與你為友；你失去孩子，也無法與我為友。」

在元凶面前，傷害永遠不會被遺忘。

馬和公鹿

曾經有隻馬擁有一片用來吃草的專屬草地。可是某天一頭公鹿擅闖這片草地，說自己也有權跟馬一樣在那裡吃草，更有權挑選最好的地點覓食。馬想要報復這個不速之客，於是去找人類，問他能否將公鹿趕出去。

人類說：「好，我願意幫忙，可是你要讓我把轡頭裝在你嘴裡、騎上你的背，我才能夠幫忙。」馬答應了，很快便聯手將公鹿趕出草地。但成事以後，馬驚慌地發現，男人永遠成為了牠的主人。

農夫和狐狸

農夫被狐狸惹得心煩氣躁，因為狐狸老是趁夜溜進他院子，偷走他的家禽。於是農夫設了個陷阱，逮到了狐狸。

為了報復狐狸，農夫在狐狸的尾巴上綁了一捆麻線，點了火之後才放牠走。不過，運氣不佳，狐狸直接衝向成熟麥子等待收割的田地。

火勢迅速蔓延，最後整片麥田燒個精光，農夫失去了所有的莊稼。

報仇是一把雙面刃。

養蜂人

竊賊趁養蜂人不在的時候，溜進養蜂場，偷走了所有的蜂蜜。

養蜂人回來時發現蜂巢空空如也，非常難過，怔怔盯著蜂巢半天。

不久，蜜蜂採蜜回來，發現蜂巢翻覆，而養蜂人就站在一旁，於是準備用針螫他。

看到這個情形，養蜂人氣急敗壞，對蜜蜂喊道：「你們這些忘恩負義的壞蛋，竊賊偷走蜂蜜，沒受到一點懲罰。而我一向這麼盡心照顧你們，你們竟然跑來要螫我！」

反擊的時候，先確定自己找對了對象。

鷹和狐狸

鷹和狐狸成為莫逆之交，決定住在對方附近。

牠們認為越常見面，就會成為交情越好的朋友。於是鷹在一棵高高的樹上築巢，狐狸則在樹腳下的灌木叢裡安頓下來，生了一窩幼崽。

某天，狐狸外出覓食，老鷹也想替自己的幼雛找吃的，於是飛到樹叢裡，抓住了狐狸的幼崽，帶回樹上當成自己和家人的食物。

狐狸回來之後得知此事，與其說牠因為失去幼崽難過，倒不如說牠抓不到老鷹，無法報復對方的背叛而憤恨不已。於是狐狸坐在不遠的地方詛咒老鷹。

但是不久之後狐狸便有了復仇機會。幾個村民湊巧在附近的神壇祭祀，老鷹飛下來，啣了一塊正在烤的肉回到巢穴，結果一陣強風襲來，鷹巢起了火，結果剛長羽毛的雛鷹全摔到地面，烤了個半熟。

接著狐狸跑到雛鷹落地的地方，當著老鷹的面將牠們吃得精光。

山羊和葡萄樹

山羊在葡萄園裡迷了路。有棵葡萄樹上掛了好幾串豐美的葡萄，山羊開始啃樹上的嫩芽。

葡萄樹說：「我哪裡對不起你，你竟然這樣傷害我？那邊的草不夠你吃嗎？即使你吃掉我的每片葉子，害我變得光禿禿，我照樣可以產出足夠的酒，在你被牽去神壇上獻祭時，澆在你身上。」

獅子、狼、狐狸

獅子因為年邁而體弱，生病躺在窩巢裡，森林的野獸都來詢問牠的健康狀況，只有狐狸沒來。

狼認為這是好機會，可以一報跟狐狸之間的過往冤仇，於是特別向獅子強調狐狸的缺席，並說：「大人，你看大家都來探詢你的狀況，就只有狐狸一直沒靠近，牠根本不在乎你狀況是好是壞。」

就在那時，狐狸走進來，聽到狼所說的最後幾個字。獅子極度不悅，對著狐狸怒吼，但狐狸哀求獅子准許牠解釋自己何故缺席，並說：「大人，牠們都沒有我這麼關懷你，因為我四處奔波，巡訪醫生，努力替你尋求解藥。」

獅子說：「請問你找到了沒有？」

狐狸說：「有的，大人，解藥如下：你要剝了狼的皮，趁還是溫熱的時候，裹在身上。」為了試試狐狸的處方。獅子依言轉向狼，一掌將狼打死。

但狐狸只是笑著自言自語：「那就是煽動仇恨的結果。」

鷹和甲蟲

鷹追著兔子跑，兔子為了保命而奔逃，想破頭也不知道該上哪裡求助。兔子瞥見甲蟲，求牠幫忙。

於是當鷹過來，甲蟲便警告鷹，不要碰兔子，兔子由牠來保護。可是甲蟲小不隆咚，鷹根本不把甲蟲看在眼裡，逕自一把抓住兔子，吃掉了牠。

甲蟲永遠忘不了這件事，老是盯著老鷹的窩巢，不管老鷹何時下了蛋，甲蟲就爬上去，將蛋推出巢外砸破。最後鷹擔心自己頻頻損失的蛋，於是到天庭上訪朱庇特，懇求朱庇特賜給牠安全的地方當巢。朱庇特允許鷹在自己的懷中下蛋。但甲蟲注意到之後，便用塵土滾了顆大小與鷹蛋相當的泥球，然後飛到天庭去，放進朱庇特的懷裡。

朱庇特看到那顆泥球，便站起身來想從長袍上抖掉，一時澈底忘了鷹蛋，結果鷹蛋也跟著甩了出去，就跟之前一樣摔破了。大家都說，從此，每逢甲蟲活動的季節，鷹再也不下蛋。

關於留意細節

驢子和買家

有個男人想買頭驢子，於是上市場去，遇到一隻看來頗為合適的，跟主人打好商量，帶回家先試用看看。

他回家之後，將驢子放進獸廄跟其他驢子在一起。新來的驢子環顧四周，立刻在獸廄裡選定了隔欄，就在最懶惰、最貪婪的驢子隔壁。

主人看到了，立刻替驢子套上轡繩，牽回去還給原本的主人。

看到驢子這麼快就回來，主人很詫異，並說：「欸，你的意思是說，你已經試用過了嗎？」

買家說：「我不想再多做試驗，我從牠替自己選的同伴，就可以知道牠是哪種類型的驢子。」

觀其友，知其人。

老獅子

獅子年老體衰，無法再靠蠻力奪取食物，決定改用巧計。牠走進一個洞穴並躺在裡頭，佯裝生病。

只要有動物進來詢問牠的健康狀況，牠就撲上去吃掉牠們。很多動物都這樣失去了性命。

直到有一天，狐狸前來洞穴探訪。狐狸覺得疑點重重，只是待在洞穴外頭和獅子說話，詢問獅子的現況，並未步入洞穴。

獅子答說自己狀況很差，並說：「可是你為什麼站在外頭呢？請進啊。」

狐狸回答：「要不是我注意到所有的腳印都朝著洞穴，而沒有相反的方向，我原本會進去的。」

農夫和他的狗

一場嚴峻的暴風雪將農夫圍困在農莊裡，使得他無法出門替自己和家人張羅糧食，於是宰殺了自己牧養的綿羊，拿來充飢。

暴風雨持續不斷，他又殺了山羊。最後，天氣似乎沒有好轉的跡象，不得不殺了公牛並吃掉牠們。

他家的狗看到各種動物輪流被殺並成為盤中飧，便對彼此說：「我們最好趕快離開這裡，不然下一回就輪到我們了！」

天文學家

從前有個天文學家習慣在夜裡出門觀察星象。

有天晚上，他在城門外頭走動，因為全神貫注仰望天際，沒注意自己的去向，結果一頭栽進乾涸的井裡。

他躺在那裡呻吟時，有人路過聽見了，來到水井邊緣往下瞧，得知來龍去脈之後便說：「你專心盯著天空，沒注意自己的腳往哪裡走，我覺得你會這樣也是自作自受。」

獅子和公牛

獅子看到一頭肥美的公牛正在一群牲口之間吃草，於是想找個辦法讓公牛落入自己的股掌之間。

於是傳話過去，說獅子要拿綿羊獻祭，問公牛願不願賞光一起用餐。公牛接受了邀約，但是抵達獅子的巢穴時，只見獅子擺出了許多燉鍋和烤叉，放眼卻不見綿羊的蹤影，於是公牛轉身並靜靜走開。

獅子以受傷的語氣呼喚，追問原因何在。

公牛轉身並說：「我的理由夠充分的了。我看到你做的那些準備，立刻想到受害者會是公牛，而不是綿羊。」

在飛鳥眼前鋪設網羅，是徒勞無功的。

牧羊人和山羊

牧羊人有一天將羊群聚集起來，準備回到畜欄，這時一隻母山羊走散了，拒絕回到其他山羊的身邊。

牧羊人花了好久時間出聲叫喚、吹口哨，要母山羊回來，但母山羊根本不理會他。最後他朝母山羊丟了顆石頭，不小心打斷牠的一邊頭角。

他驚慌之下，求母山羊別向主人打小報告，但母山羊回答：「你這個傻傢伙，即使我閉嘴不說話，我的頭角也會大聲叫喊。」

農夫、他兒子和烏鴉

農夫剛剛播下了整田的麥子，正小心看守，因為好些烏鴉和椋鳥頻頻降落在田裡，吃掉穀物。

他的兒子陪在身邊，拿著彈弓，只要農人開口討彈弓，椋鳥能聽懂他說的，並警告烏鴉，鳥群轉眼便逃之夭夭。

於是農夫想出一個妙計，說：「兒啊，我們一定要想辦法打敗這些鳥，之後，我想要彈弓的時候，我不說『彈弓』，只說『嗯哼！』，你到時一定要趕緊把彈弓遞給我。」

整群鳥又飛回來了。農夫說：「嗯哼！」可是椋鳥沒注意到，農夫趁小鳥飛離射程以前，及時射發了幾顆石頭，擊中一隻的腦袋、另一隻的腿、另一隻的翅膀。

鳥群急著逃離時，碰上了幾隻鶴，鶴問怎麼回事。

一隻烏鴉說：「怎麼回事？還不都是那幾個惡棍害的！你們千萬不要靠近他們，他們說一件事，指的卻是另一件事，害得我們幾個可憐的朋友送了命。」

青蛙和水井

兩隻青蛙一起住在沼澤裡，可是某年夏天炎熱，沼澤乾涸了，牠們離開去找別的地方住，因為如果可以，青蛙寧可住在潮溼的地方。

不久牠們來到一口深井，一隻青蛙往下望並說：「這裡看起來不錯，滿涼爽的。咱們跳進去，在這裡安頓下來吧。」

但是另一隻比較明智，答說：「別急，我的朋友，要是這口井像那片沼澤一樣乾掉，我們到時要怎麼出來？」

Arthur Rackham 1912

關於慎選同路人

製煤工和漂洗工

從前有個製煤工獨自生活和工作。不過，恰巧有個漂洗工搬過來，在同個街坊安居落戶。

製煤工認識他以後，發現他滿討人喜歡的，問他要不要搬來家裡一起住。

製煤工說：「這樣我們可以更認識對方，也可以節省家用花費。」

漂洗工向他道謝，但答說：「我完全不考慮，先生，欸，我花這麼多功夫洗白的東西，轉眼就會被你的煤炭弄黑。」

狗和母豬

狗和母豬爭論不休，各個堅稱自己的孩子比其他動物的孩子優秀。

母豬最後說：「哼，不管怎樣，我的孩子誕生到世上時就看得見，可是你的孩子生下來是瞎的。」

狐狸和鸛

狐狸邀請鸛上門來吃晚飯，唯一的伙食是盛在大淺盤裡的湯。

那美味的湯品狐狸舔得津津有味，但鸛長長的嘴喙怎麼都喝不到。鸛難掩苦惱的神色，逗得狡猾的狐狸樂不可支。

但是不久之後，換鸛邀請狐狸來家裡作客，在狐狸面前擺了一個又長又窄的罐子，鸛的嘴喙可以輕鬆伸進去。

鸛享受晚餐時，狐狸只能餓著肚子，無助坐在那裡，因為搆不到裝在那個容器裡的誘人食物。

男人和薩堤爾

男人和薩堤爾[11]成了朋友，他們決定住在一起。

有好一陣子相安無事，直到冬季的某天，薩堤爾看到男人吹著雙手，問：「你為什麼那樣做？」

男人說：「為了暖暖我的手。」

同一天他們坐下來吃晚飯，眼前各有一碗熱騰騰的粥，男人將碗拿到嘴巴前面吹了吹。

薩堤爾問：「你為什麼那麼做？」

男人說：「為了吹涼我的粥。」

薩堤爾從桌邊霍然起身，說：「再見，我要走了。我沒辦法跟用同口氣吹熱和吹冷的人做朋友。」

老鼠、青蛙和鷹隼

老鼠和青蛙變成朋友，雙方並不是很契合，因為老鼠完全住在陸地上，青蛙則在地上或水裡都很自在。

牠們為了不要分開，青蛙用一條線繩將自己的腿和老鼠的腿綁在一起。

只要牠們留在陸地上，一切都很順利；但是到了水池邊，青蛙跳了進去，帶著老鼠一起開始游來游去，欣喜地呱呱叫鳴。

不過，那隻不快樂的老鼠很快就溺斃了，浮在青蛙後方的水面上。

鷹隼瞥見了，便俯衝撲來，腳爪一把攫住老鼠。青蛙解不開跟老鼠綁在一起的那個結，結果也被鷹隼帶走並吃下肚子。

兩個鍋子

有兩口鍋子，一個土製、一個銅製，在洪水中被沖下一條河。

銅製的那口鍋要同伴待在身邊，好保護它。土鍋表達謝意，但懇求對方無論如何都別靠近。

土鍋說：「那正是我最害怕的事。只要你一碰，我就會解體。」

實力相當的人才能成爲摯友。

河流和大海

從前從前，河流集結起來，抗議大海害它們的水變鹹。

河流對大海說：「我們來到你這裡之前，水甘甜可飲，可是一旦跟你混合之後，我們水的味道就變鹹，而且難以入口。」

海不客氣地回答：「遠離我，就可以保持清甜。」

父親和女兒

有個男人有兩個女兒，其中一人嫁給園丁，另一人嫁給陶工。不久，他想說可以去看看女兒過得如何。

他先去探望園丁的妻子，問她過得如何，和丈夫相處得怎樣。

她答說整體來說過得很不錯。她繼續說：「可是，我真希望天好好下點雨，菜園真的很需要。」

接著他去探望陶工的妻子，詢問了同樣的事。她回答說，她和丈夫沒什麼好抱怨的，然後說：「可是，我真希望能天氣乾燥一些，才方便晾乾陶器。」

父親望著她，臉上掛著滑稽的神情，說：「你想要乾燥的天氣，你姊妹想要雨水，我原本打算在禱告裡，祈求你們如願以償。可是現在我想，我最好不要在禱告裡提起。」

獵犬和兔子

小獵犬追趕一隻兔子。

獵犬趕上兔子時，前一刻咬住兔子，作勢要殺了牠；下一刻又放開，在兔子四周蹦蹦跳跳，彷彿在跟另一隻狗嬉戲。最後野兔說：「真希望你可以展現你的本色！如果你是我朋友，為什麼要咬我？如果你是我敵人，你為什麼又跟我玩耍？」

雙面人不適合當朋友。

海克力斯和普魯托斯

海克力斯加入眾神行列時受到歡迎，朱庇特設宴款待。海克力斯謙恭有禮回應大家的問候，除了財富之神普魯托斯之外[12]。

每當普魯托斯走近，海克力斯便將視線投往地面，並轉過身去，假裝沒看到他。

海克力斯對其他神祇都這麼友好，唯獨這樣對待普魯托斯，朱庇特看了相當驚訝，問起原因。

海克力斯說：「陛下，我會跟你說原因。我們同在人間的時候，我注意到，普魯托斯總是與惡棍為伴。」

跳蚤和公牛

跳蚤有次對公牛說：「像你這樣孔武有力的傢伙，為什麼滿足於服務人類，做盡苦工？而我這麼丁點大，在他們身上光吸血就能過活，什麼也不用做。」

公牛聽了答道：「人類對我很好，所以我對他們懷抱謝意。他們餵我吃飯，讓我住得舒服，偶爾拍拍我的腦袋和脖子，表示對我的喜愛。」

跳蚤說：「如果我任由他們拍，他們也會動手。只不過我盡量小心避開，要不然我小命就不保了。」

狐狸和蛇

蛇過河的時候被水流沖走，好不容易扭著身子，攀上在河裡漂啊漂的一捆荊棘，然後以極快的速度被帶往下游。

狐狸從岸上看見了蛇急速往前迴旋，大喊：「天啊！蛇在荊棘上[13]，真是適得其所！」

關於拳頭大的說話比較大聲

狼與綿羊

狼遇到了一隻跟羊群走失的綿羊，對於要奪走這樣無助生物的生命，略感內疚，感覺自己沒有合理的藉口。

於是絞盡腦汁想到一件可以抱怨的事，終於開口：「小子，去年你嚴重侮辱了我。」

綿羊咩咩叫：「不可能啊，大人，我當時還沒出生。」

狼駁斥：「唔，你擅自跑到我的草地上吃草。」

綿羊回答：「不可能啊，我還沒嚐過青草的味道。」

狼繼續說：「你喝了我擁有的泉水。」

可憐的綿羊說：「說真的，大人，除了母親的奶，我什麼都還沒喝過。」

狼說：「哼，總之，我沒吃晚餐是不會走的。」

說完便撲向那隻綿羊，迫不及待將牠吞吃下肚。

海豚、鯨魚、鯡魚

海豚和鯨魚爭辯不休，不久之後大打出手，戰況激烈，延續了好一段時間，遲遲不見休戰的跡象。

這時，鯡魚心想也許自己能夠中止這件事，於是出面試圖說服雙方停戰、友好相處。

但其中一隻海豚輕蔑地對鯡魚說：

「我們寧可繼續戰鬥到死，也不要由你這樣的小鯡魚來講和！」

蚊蚋和公牛

蚊蚋停在公牛的一邊頭角上，在那裡坐了好久時間。

牠休息夠了，準備飛走時，對公牛說：

「你介意我現在離開嗎？」

公牛只是抬起眼睛，興味索然地說：

「對我來說沒有差別。你來的時候，我沒有注意到；你離開的時候，我也不會知道。」

我們在自己眼中的份量，往往多過鄰人所想。

獅子、狐狸和驢子

獅子、狐狸和驢子一起出門狩獵，不久便獲得一件大戰利品，獅子要求驢子負責分配。

驢子將戰利品分成三等分，謙遜地請另外兩位先選。一聽到這件事，獅子暴跳如雷，撲向驢子，將牠撕成碎片。

接著獅子怒瞪著狐狸，要狐狸重新分配一回。

狐狸幾乎將全部聚成一堆，交由獅子享用，只留一丁點給自己。

獅子說：「我親愛的朋友，你怎麼抓

到窮門，表現得如此之好？」

狐狸回答：「我嗎？噢，我從驢子身上學到了教訓。」

懂得以他人不幸作爲借鏡，是幸福的。

獅子和野驢

獅子和野驢結伴出門打獵。野驢先以過人的速度追捕獵物，再由獅子負責出面宰殺獵物。

雙方合作無間，相當成功，到了分享戰利品的時候，獅子分成三等分。

牠說：「我會先吃第一份，因為我是萬獸之王。我也會吃第二份，因為身為你的同伴，我有資格吃掉剩下的一半。至於第三份——除非你主動棄權讓給我，自己趕緊離開，要不然，相信我，第三份會讓你為自己感到非常遺憾！」

獅子的王國

獅子統治地球上的萬獸時，從來不曾有殘酷或暴虐的作為，而是像國王理應表現的那樣溫柔公正。

統治期間，獅子召集了一場萬獸大會，擬定法規，要求大家平等和諧一起生活。狼和羔羊、老虎和公鹿、豹和小山羊、狗和野兔，全都安居在永續不斷的和平與友好之中。

兔子說：「噢！我多麼渴望這一天，弱者可以在強者身邊，安心無懼地活動。」

貓和公雞

貓撲向公雞，正想找個好藉口拿公雞當一餐，因為貓通常並不吃公雞，而貓也知道自己不該這麼做。最後貓說：「你在夜裡啼叫，害大家沒辦法睡，真是太惹人厭了，所以我要除掉你。」

可是公雞自我辯解，說牠喚醒人類，是為了讓他們及時開始一天的工作，人類沒有牠萬萬不行。

貓說：「也許是，可是不管他們沒有你行不行，我都不打算放棄自己的晚餐。」然後殺了公雞並吃掉牠。

狼和鶴

狼喉嚨卡了一根骨頭，於是去找鶴，求鶴用長喙伸進牠的喉嚨，將骨頭拉出來。

狼補充：「我會付你酬勞。」

鶴按照狼的要求，三兩下便取出骨頭。狼連聲道謝，然後轉身要走。

這時鶴喊道：「要給我的酬勞呢？」

狼呲牙裂嘴，怒聲說：「哼，怎麼樣？你可以到處吹噓，你把腦袋伸進狼嘴裡，結果沒被咬掉。你還想要什麼？」

Arthur Rackham 1912.

關於善待夥伴

士兵和馬

士兵在戰爭時期餵他的馬匹充足的燕麥，無微不至照料牠。

因為他希望馬匹能夠保持強壯，承受戰場上的磨難，必要的時候，可以動作迅捷，帶主人逃離危險。

但等戰爭結束以後，他卻要馬做盡各式各樣的苦工，不僅極少關注牠，也只給牠粗糠吃。

戰爭再次爆發，士兵往馬的身上放鞍具和轡頭，自己披上厚重的鎖子甲，然後跨上馬要前往戰場。

但老是挨餓的可憐野獸在負重之下仆倒在地，對騎士說：「你這次得徒步作戰了。你要我做盡苦工，又只給劣質的糧秣，你已經把我從駿馬變成了驢子，可沒辦法在短時間讓我搖身變回駿馬。」

老獵犬

一隻獵犬多年來替主人提供良好的服務，一生中追捕獵物多次，但因為上了年紀，開始失去體力和速度。

有天出外打獵，他主人將力大無比的野豬從躲藏處驅趕出來，然後要獵犬去追捕。

獵犬用嘴扣住野獸的耳朵，但獵犬牙齒已經掉光，根本咬不牢，不小心讓野豬脫逃了。

主人開始痛罵獵犬，但獵犬打斷了他，說了這番話：「我的意志力跟以往一樣強大，主人，但我的身體衰老孱弱。你應該為了我過往的表現敬重我，而不是依我的現狀辱罵我。」

馬和馬夫

從前有個馬夫會花很長時間替自己看顧的馬修剪梳毛，但每天都會偷一點分配給馬的燕麥走，賣掉之後將獲利據為己有。

於是那匹馬的狀況越來越糟，最後馬向馬夫喊道：「如果你真心希望我看來光亮健美，你要填飽我的肚皮，而不是打理我的外表。」

關於立人設

牛和蛙

兩隻青蛙在池邊嬉戲，一頭牛走到池邊要喝水，無意間踩到了一隻蛙，蛙命喪蹄下。

老母蛙沒看到那隻蛙，便問蛙的兄弟，牠去哪了。

小蛙說：「母親，牠死了。有個四條腿的巨大生物今天早上來到我們的池邊，在泥巴裡踩扁了牠。」

母蛙盡可能吹脹自己的身體，說：「很巨大，是嗎？有這麼大嗎？」

小蛙回答：「噢！有的，大多了。」

母蛙再將自己吹得更大，並說：「有這麼大嗎？」

小蛙說：「噢，有的，有的，母親，大多了。」

母蛙繼續將自己吹得更鼓，直到跟球一般圓乎乎。

「有這麼大……？」她正要說——最後卻爆開了。

油燈

一盞油燈裝滿了油，點燃後，發出明亮穩定的光，開始得意洋洋，吹噓自己的光比太陽本身還燦亮。

就在這時，一陣輕風揚起，吹熄了燈火。

有人畫亮火柴，再次點燃油燈，然後說：「你就繼續亮著，永遠別去在意太陽。欸，連星辰都不用像你剛剛那樣，還要重新點燃。」

狐狸和猴子

狐狸和猴子一起走在路上，針對誰的出身較好而爭論起來。

雙方唇槍舌戰了好一陣子，最後來到一個地方，那裡有條馬路貫穿滿是墓碑的墓園，這時猴子停下腳步，東張西望，然後嘆了一大口氣。

「你為什麼嘆氣？」狐狸說。

猴子指著那些墳墓並回答：「你在這裡看到的紀念碑，都是為了紀念我祖先而立的，牠們生前都是些顯赫人物。」

狐狸無言以對了片刻，轉眼回過神來並說：「噢！你儘管撒謊吧，閣下；你很安全，我確定你的祖先不會從墳墓起身反駁你。」

愛吹牛皮的人特別愛在不會被看穿時大吹大擂。

吹牛的旅人

有個男人曾經出國旅行，回到家鄉的時候，關於在國外的種種經歷，他有許多精彩的故事可以說。

他說他在羅德島參加跳躍比賽，沒人贏得了他。

他說：「只要去羅德島問問當地人，每個人都會告訴你千真萬確。」

但是旁邊有人聽了便說：「如果你跳得那麼好，我們不用去羅德島就能證明了。我們只要暫時想像這裡是羅德島；好了——跳來瞧瞧吧！」

先知

先知坐在市場上，替找上門來的人算命。

突然跑來了個人，通知先知他家裡被竊賊闖了空門，能到手的東西全拿走了。先知霍地站起身，拔腿跑開，一面扯著頭髮，咒罵那些歹徒。

旁觀的人看得別有興味，其中一人說：「我們的朋友號稱自己能夠預知別人的際遇，可是看來他還不夠聰明，看不出自己會碰上什麼事。」

熊和狐狸

熊吹噓自己的度量很大，說自己比起其他動物文雅許多（確實有個傳統：熊絕不碰死屍）。

狐狸聽到熊這樣誇口，面帶笑容說：「我的朋友，你肚子餓的時候，我只希望你可以把注意力放在死者身上，留生者活口。」

偽君子除了自己，誰也騙不了。

女巫

女巫號稱自己能夠透過咒語，平息眾神的怒氣，而且唯有她知曉這樣的祕密。她生意相當興隆，賺進不少錢。但有些人指控她施行邪惡巫術，將她帶到判官面前，要求處以死刑，因為她和惡魔之間的往來交易。

判官裁定她有罪，判她死刑，她要離開被告席的時候，有個判官說：「你說你能平息眾神的怒氣，為什麼無法化解人類的敵意？」

A Rackham.

獵人和樵夫

獵人在森林裡尋找獅子的蹤跡，湊巧看見樵夫正在砍樹。

獵人走上前去，問樵夫是否在附近注意到獅子的腳印，或者是否知道獅子的巢穴在哪裡。

樵夫回答：「如果你跟我來，我會讓你看到獅子本尊。」

獵人恐懼得臉色發白、牙齒打顫，答說：「噢，我找的不是獅子本尊，謝謝，我只是在找牠的足跡。」

狗和公雞

有錢人有一回宴請幾位朋友和認識的人。他養的狗以為這是個好機會，可以邀請自己的狗朋友來，於是去找朋友並說：「我主人要宴客，肯定會有豐盛的餐點，今天晚上過來跟我一起用餐吧。」

受邀的狗過來了，看到廚房備料的盛況，自言自語說：「天啊，我走運了，我今天晚上一定要吃個痛快，撐個兩三天都不餓。」

同時，牠輕快地搖著尾巴，讓朋友看到自己受邀有多麼歡喜。

可是就在那時，廚子看到廚房有陌生的狗闖進來，心煩極了，一把抓住牠的後腿，從窗戶丟了出去。狗摔得很慘，跛著腳趕緊離開，一面沮喪地嗥叫。別的狗碰見牠便說：「如何，晚餐吃了什麼好料？」

狗回答：「我玩得很痛快，酒很不錯，我喝了好多，都搞不清楚當初怎麼離開那棟房子的！」

犧牲別人而獲贈的恩惠要避開。

猴子和海豚

大家踏上旅程時，為了打發時間，常常帶著小型犬或猴子當寵物陪伴。

有個男人從東方回到雅典時，帶了隻寵物猴子搭船。一行人靠近阿提卡[14]的海岸時，起了一場大風雨，船整個翻覆。船上的人全被拋進了海裡，游泳想要逃生自救。猴子也在其中。

一隻海豚看到猴子，以為牠是人類，於是用背托起牠，開始游向海岸。接近大雅典區的港口城市比

雷埃夫斯時，海豚問猴子是不是雅典人。
猴子回答說是，還補充說自己來自顯赫的家族。
海豚繼續說：「那麼你一定知道比雷埃夫斯。」
猴子以為海豚指的是某位高階官員，便回答：「噢，是的，他是我的一個老朋友。」
聞此，海豚察覺猴子的虛偽而無比嫌惡，便潛入海面底下，倒楣的猴子轉眼就溺死了。

庸醫青蛙

從前從前，有隻青蛙離開沼澤的家，向全世界宣布牠是學養深厚的醫師，精通藥物，可以治好所有的疾患。
群眾當中有隻狐狸出聲喊道：「你說你是醫生？欸，你連自己的跛腿、疙瘩點點的皺皮膚都醫不好了，還敢誇口說要治療別人？」

醫生，請先治好你自己。

補鞋匠轉行從醫

技術欠佳的補鞋匠發現自己無法靠這個行當為生，於是放棄修補鞋子，轉而行醫。

他對外散播風聲，說他有個秘密萬能解藥，什麼毒都能解；由於他擅長自我吹噓，不久便累積了好些名氣。

不過，有一天他自己病得很重，那個國家的國王認為，正巧可以測試他解藥的價值。於是要來一個杯子，倒進一帖那種解藥，然後假裝調了毒藥進去，事實上是加了點水，然後命令鞋匠喝下。

鞋匠深怕被毒死，只好坦承自己對醫藥一無所知，並且承認自己的解藥一文不值。

接著國王召集臣子過來，跟他們說了以下的話：「你們還能更傻嗎？沒人願意拿靴子給這個鞋匠修補，你們卻毫不猶豫，將自己的性命託付給他！」

兩個士兵和強盜

兩個士兵一起上路，結果有個強盜來打劫。

其中一個士兵逃了開來，另一個士兵堅守陣地，精神抖擻地揮劍抵禦，強盜最後不得不逃離，不再打攪他。等危機解除了之後，那個膽怯的士兵走回來，要弄自己的劍，以威嚇的語氣呼喊：「他人呢？讓我來對付他，我很快就會讓他知道自己面對的是誰。」

可是另一個士兵回答：「你來得也太遲了點，我的朋友。我只希望你剛剛當我的後盾，即使只是動口不動手也好，我就會受到激勵，相信你所言為真。

鎮定點，收起你的劍。派不上用場了。也許你騙得過別人，讓別人誤認你勇猛如獅，可是我很清楚，一有危險的跡象，你就會像野兔一樣撒腿逃離。」

狐狸和河流

幾隻狐狸聚集在河岸上想喝水，但水流如此湍急，看起來又深又危險，牠們不敢貿然前進，而是站在邊緣鼓勵對方不要害怕。

最後，其中一個想要勝過其他狐狸，讓大家看看牠有多勇敢，說：「我一點都不害怕！看，我要直接踏進水裡嘍！」

牠一腳才踩進去，急流便將牠迅速掃走。

其他狐狸看到牠被沖往下游，喊著：「別走啊，別丟下我們！回來告訴我們，在哪裡可以安全喝到水。」

但牠回答：「我恐怕還沒辦法，我想到海邊去，這波水流會好好將我帶到那裡。等我回來的時候，我會很樂意告訴你們。」

淘氣的狗

從前有隻狗，在無人挑釁的狀況下，就會凶人和咬人，上門來的訪客都很頭痛。於是主人在狗脖子上掛了個鈴鐺，警告大家。狗對那個鈴鐺得意洋洋，昂首闊步，搖得鈴兒叮噹響，感到無比滿足。

但有隻老狗朝牠走來並說：「你少擺點架子吧，我的朋友。你該不會以為，鈴鐺是對你的獎勵吧？恰恰相反，那是恥辱的標記。」

惡名昭彰往往被誤認爲名氣。

燕子和烏鴉

燕子曾經向烏鴉吹噓自己的出身。燕子說：「我原本是公主，雅典一位國王的女兒，但我丈夫對我很殘忍，為了一件小小的過錯，割掉了我的舌頭。朱諾為了保護我不受進一步傷害，將我變成了小鳥。」

烏鴉說：「你也囉唆夠了，我無法想像，要是你的舌頭還在，你的話會多到什麼程度？」

關於善用說話的力量

獅子和三隻公牛

三隻公牛正在牧地上吃草，獅子虎視眈眈，渴望獵捕並吃掉牠們，但覺得只要牠們群聚起來，自己會寡不敵眾。

於是獅子開始散播假造的耳語和惡意的暗示，在公牛之間挑起嫉妒和不信任。這個策略相當成功，不久公牛關係變得冷淡，彼此萌生敵意，最後閃避對方，獨自進食。

獅子看出這點，便輪流攻擊殺了牠們。

朋友間的不和會給敵人可乘之機。

猩猩和兩位旅者

兩個男人結伴旅行，其中一人從不說實話，另一人從不說謊，兩人恰好來到猩猩之地。

猩猩國王聽說他們抵達，派屬下將他們帶到面前來。牠想用自己的氣勢打動他們，於是坐在王位上接見他們，牠的猩猩臣子則在兩側排成長長隊伍。

旅人來到牠面前時，牠問他們對牠身為王者的看法。

說謊的旅人說：「陛下，人人都能看出你是最高貴、最強大的君王。」

國王繼續說：「你對我的臣子又有什麼想法？」

旅人說：「他們方方面面都配得上自己的尊貴主人。」

猩猩聽了他的答案龍心大悅，送了他一件豐厚的禮物。

另一位旅人想，如果他的同伴說謊都能得到這麼豐厚的獎賞，那麼他說實話肯定能獲得更大的賞賜。

於是，當猩猩轉向他並說：「先生，你又有什麼想法？」

他回答：「我想你是非常優秀的猩猩，你的臣民也是很優秀的猩猩。」

聽了他的回答，猩猩之王當場暴跳如雷，下令屬下帶走他，對他施以爪刑至死。

鷹、貓和野母豬

鷹在一棵高聳的樹木頂端築巢，貓帶著一家子住在樹幹一半的洞裡；野母豬和豬崽住在樹腳下。

要不是因為貓的邪惡奸計，大家原本可以相安無事比鄰而居。

貓爬到鷹巢那裡，對鷹說：「你跟我都面臨了極大危險。母豬那個可怕的生物，總是在樹腳那裡翻掘，有意將樹木連根拔起，這樣就能輕輕鬆鬆吃掉你全家和我一家。」

貓用這番話讓鷹嚇得幾乎六神無主之後，爬下樹來，對母豬說：「我一定要警告你小心那隻可怕的老鷹。牠一直在等你帶著豬仔出門，趁機飛下來抓走你的豬仔，餵給自己那窩孩子吃。」母豬受驚的程度和鷹不相上下。

接著貓回到樹幹裡的洞，然後佯裝恐懼，從不在白天出門；只有晚上，貓才出來替貓仔覓食。

鷹很害怕，不敢隨便離巢，母豬也不敢離開樹根之間的家，久而久之，鷹和豬以及各自的家庭都挨餓而死，而牠們的屍骸正好給貓充足的食物，餵養規模漸長的家庭。

賊和客棧老闆

有個賊在客棧租了個房間，在那裡連續住了好幾天，想看看有什麼東西可偷。不過一直無機可趁，直到有一天，當地要舉行一場慶典，客棧老闆穿上細緻的新外套，在客棧門前坐下來透透氣。

那個賊一看到這件外套，就想要據為己有。

客棧老闆無事一身輕，於是他走去坐在客棧老闆旁邊，開始跟他聊天。兩人閒談一段時間之後，賊突然打哈欠，發出狼嗥。

客棧老闆憂心地問他哪裡不適。賊答說：「跟你說說我自己好了，先生，可是首先我要請你顧好我的衣服，因為我打算託付給你。我為什麼會生這種哈欠發作的病，原因我說不上來。也許是因為我做錯事，上天對我降下懲罰。不過，不管原因是什麼，只要我打三次哈欠，就會變成凶猛的餓狼，撲向人類的喉頭。」

他講完的時候，又打第二次哈欠，再跟之前一樣發出狼嗥。

客棧老闆相信他說的字字屬實，很怕自己會當面碰上狼，於是匆匆忙忙站起身，開始要往屋內跑。

但那個賊揪住他的外套，想要攔住他，一面喊著：「留下來啊，先生，留下來幫我顧好衣服，要不然我再也見不到它們。」

他講話的時候，張開嘴，開始要發出第三次狼嗥。

客棧老闆深怕被狼吃掉，怕得快瘋了，掙脫還在另一人手中的外套，埋頭衝進客棧，隨手鎖上大門。

那個賊便帶著戰利品悄悄離開。

欠債人和母豬

有個雅典人背了債務，債主逼著他討債，可是他當時付不出來，哀求延期。但債主一口回絕，非得要他立刻還清不可。

於是欠債人牽了隻母豬——他唯一擁有的東西——帶到市場上要賣。結果他的債主也在那裡。

這時有個買家走來，問那隻母豬能不能生下好品質的小豬。欠債人說：「可以，牠生下來的豬崽都很不錯。最棒的是，牠會在秘儀節的時候生母豬，在泛雅典節的時候生公豬。」（這些都是節慶；雅典人總是在一個節日獻祭母豬，在另一節日獻祭公豬；而在酒神節的時候，獻祭小山羊。）

聞此，站在一旁的債主插了話：「別訝異，先生，欸，更棒的是，這隻母豬在酒神節的時候會生小山羊！」

獅子、狐狸和公鹿

獅子病了，躺在窩巢裡，無法自行覓食。

於是對前來探望的朋友狐狸說：「我的好朋友，我希望你可以到那邊的樹林裡，把住在那裡的大公鹿騙過來。我一直想用公鹿的心臟和腦當成一頓晚餐。」

狐狸到樹林裡找到公鹿，對他說：「我親愛的先生，你走運了。你認識獅子，我們的大王吧。唔，他快死了，指定你成為繼承人，負責統管萬獸。我希望你可別忘了我是頭一個捎來這好消息的。現在我一定得回到牠身邊了，如果你接受我的建議，就會一起來，在最後的時刻陪在牠身邊。」

公鹿聽了樂陶陶，不疑有他，跟著狐狸到獅子的巢穴。

公鹿一走進去，獅子便朝牠撲去，但獅子誤判了跳躍的距離，公鹿順利逃離，只有耳朵被扯傷，儘速回到樹林的庇蔭。

狐狸甚感羞愧，獅子極度失望，因為儘管生了病，但還是饑腸轆轆。

於是獅子懇求狐狸再試一回，將公鹿

誘引到牠的巢穴。狐狸說：「這次幾乎不可能了，但我會試試看。」

狐狸前往樹林第二次，發現公鹿在休息，正努力要從驚嚇中回復。

公鹿一看到狐狸便喊道：「你這個惡棍，像那樣把我引向死路，是什麼意思？快滾，要不然我用頭角刺死你。」

但狐狸厚顏無恥，說：「你真是個懦夫，你該不會以為獅子真心想傷害你吧？欸，牠只是想對著你耳朵說點皇家機密，結果你竟然像隻受驚的兔子逃之夭夭，使得牠大為反感。我不確定獅子會不會改立狼為王，除非你立刻回來，表現出一點魄力。我保證他不會傷害你，而且以後我會當你忠實的僕人。」

公鹿很愚蠢，又被說服。

牠再回去一趟，這一回獅子毫無失誤，一把掠倒了牠，對牠的屍骸大快朵頤。

狐狸趁獅子一不留神，抓準時機，悄悄偷走了鹿腦，作為自己辛苦的回報。

獅子當然找起了鹿腦，但遍尋不著。

狐狸看著獅子，說：「我想你找到那副腦子也沒多大用處，兩次走進獅子巢穴的傢伙，不可能有任何腦袋。」

賣神像的人

有個男人做了個墨丘利的神像，拿到市場上兜售，但遲遲找不到買家。

於是他想，如果想招攬買家，自己得說點神像的好話。

於是他在市場上來回叫賣：「賣神像！賣神像！這個神會為你帶來好運，而且讓你保住好運！」

有個旁觀的人攔住他並說：「要是這尊神有你說的這麼好，你為什麼不自己留著好好利用？」

男人回答：「我告訴你為什麼。這個神會為你帶來好處，這點千真萬確，可是神好整以暇慢慢來，而我現在急著要用錢。」

關於真實人生
總是充滿意外

男人和木頭神像

一個窮人有尊木頭神像，每天都向神像祈求財富。

他持續這樣做了好久，卻依然一窮二白，最後某天他一陣嫌惡，抓起神像，使勁砸向牆壁。

撞擊的力道大到神像腦袋迸裂，好些金幣掉落在地。

男人貪婪地收攏起來，並說：「噢，你這個老騙子，你！我敬重你的時候，你沒替我帶來好處；可是我羞辱你，對你施暴時，你卻把我變成了有錢人！」

鷹和箭

有隻鷹停棲在高處的岩石上，以銳利的眼光留意著獵物。

有個獵人躲在山的裂口之中，搜尋著獵物，瞥見了鷹，便朝牠射了支箭。箭矢正中鷹的胸膛，澈底刺穿了牠。

鷹中箭倒地、痛苦將亡，將目光轉向了箭矢。

鷹叫道：「啊，殘酷的命運！我竟然會如此死去。但噢，命運更殘忍的地方是，這把殺了我的箭，它的翎毛卻來自老鷹！」

馬和他的騎者

有個年輕男人幻想自己是某種騎手，跨上一匹尚未經過妥當訓練，很難駕馭的馬匹。

那匹馬一感覺到馬鞍裡的重量，便往前暴衝，攔也攔不住。

那個騎者往前衝刺時，朋友在路上碰見他，便呼喊：「你這麼急是要上哪去？」

他指著馬回答：「我哪裡知道，你問牠。」

生病的公鹿

公鹿病了，躺在森林空地裡，虛弱得無法離開。

牠病倒的消息一傳開來，幾頭野獸紛紛過來關心牠的健康，牠們全都啃了點病鹿周圍附近的草，最後在牠搆得到的範圍裡，一根草葉也不剩。

幾天下來，公鹿身體漸有起色，但依然過於虛弱，無法起身到遠處找糧秣，都因為那些朋友粗心大意，最後公鹿下場悽慘，挨餓而死。

逃走的寒鴉

有個男人抓到寒鴉，在牠的一條腿上綁了繩子，然後送給孩子當寵物。可是寒鴉一點都不喜歡跟人類住在一起。

過一陣子之後，寒鴉顯得相當溫馴，所以那些人不再緊緊盯著牠。寒鴉趁機悄悄離開，飛回了以前活動的地方。

遺憾的是，那條繩子依然繫在腿上，不久寒鴉便卡在樹木的枝椏之間，怎麼也掙脫不了。

牠看出自己走投無路，絕望喊道：

「唉，我得到自由，卻失去了性命。」

禿子獵人

有個禿了頭的獵人逐漸習慣戴假髮，有天出門打獵。

當時風滿大的，沒走多遠，一陣強風抓住他的帽子，將他的帽子連同假髮都吹走了，整個狩獵隊都覺得很有意思。

但他自嘲說：「啊，這也沒辦法！做成那頂假髮的頭髮都不肯留在它們原本生長的腦袋上了，難怪也不想留在我的腦袋上。」

牛和輪軸

一對牛正拖著承載貨物的笨重貨車，沿著公路吃力走著。

牠們身負轅軛，使勁力氣往前拉，車輪輪軸嘎吱作響，不斷哀鳴與呻吟。

牛再也受不了，憤慨轉身並說：「喂，你！辛苦的是我們，你幹嘛吵個不停？」

吃最少苦頭的，往往怨言最多。

朱庇特和龜

朱庇特正準備娶個妻子，決定設宴邀請所有動物同慶。除了烏龜，大家都到場了。烏龜竟然連基於禮貌露一下面都沒有，令朱庇特很訝異。

朱庇特下一回碰到烏龜的時候，便問牠那時為什麼沒出席盛宴。

烏龜說：「我不喜歡出門，什麼地方都比不上家。」

這個回答讓朱庇特很氣惱，下令從此以後，烏龜都要將房子扛在身上，即使牠想要，也永遠都離不開家。

農夫、驢子和公牛

農夫用軛將公牛和驢子套在一起，派牠們下田去犁地。

這樣勉強拼湊起來的團隊很糟糕，但農夫頂多只能做到這樣，因為他手上只有一頭公牛。

一日將盡，農夫解開軛，放開兩頭獸。驢子對公牛說：「唔，我們過了辛苦的一天。等下誰要載主人回家？」

公牛對這問題一臉詫異，說：「欸，當然是你啊，就跟平常一樣。」

烏鴉和蛇

烏鴉餓了，瞥見一條蛇躺在陽光中睡覺，於是用爪子抓起蛇，打算帶往可以不受打攪、好好用餐的地方。

這時蛇昂起頭，上前一咬。這條蛇有毒，咬那一口是致命的。

死期將近的烏鴉說：「命運真是殘酷！我還以為自己幸運找到食物，卻賠上了自己的性命！」

公鹿和獅子

公鹿遭到獵犬的追捕，躲進了洞穴，希望可以安全避開獵捕。

不幸的是，洞穴裡有隻獅子，公鹿三兩下就被捕食。

公鹿喊道：「我真不幸，逃離了狗的掌控，卻落入獅子的魔掌中。」

跳出油鍋卻掉進火坑，每況愈下。

服侍獅子的狐狸

有隻獅子有狐狸服侍，只要出門打獵，狐狸負責找獵物，再由獅子撲上去殺死，然後雙方按照某種比例分著吃。

可是獅子總是分到好大一份，狐狸則少之又少，狐狸很不滿意，於是決定自立門戶。

作為起步，狐狸想從羊群裡偷隻羔羊。但牧羊人一見到狐狸，便派狗去追牠，不久便逮到狐狸，將牠殺了。

安全的奴役勝於危險的自由。

狐狸和刺蝟

狐狸游過湍急的河流，儘管奮力掙扎，依然一路被水流帶往下游，最後渾身淤傷、體力耗盡，勉強從滯水處爬上了乾燥的陸地。

狐狸躺在那裡動彈不得，一群馬蠅停到牠身上，毫無干擾大吸牠的血。狐狸虛弱得連揮開牠們都無能為力。

刺蝟看到了狐狸，問要不要幫忙趕走那些折磨牠的馬蠅。

但狐狸答道：「噢，請不要，千萬不要，這些蠅已經飽了，現在從我身上吸得很少。要是你把牠們趕開了，另一批饑腸轆轆的馬蠅就會過來吸光我剩下的血，讓我的血管一滴也不剩。」

屠夫和他的顧客

市場上，兩個男人正在屠夫的攤子買肉。屠夫轉身背對他們時，其中一人拿起大塊的帶骨肉，匆匆塞進另一人的披風底下，藏得不見蹤影。

屠夫轉過身來，立刻發現那塊肉不見了，指控說是他們偷的；但是動手拿的那個人說不在他身上，而身上藏肉的那個人說他沒拿。

屠夫很確定他們騙他，但只是說：「你們說謊可以騙過我，但騙不過眾神，眾神不會這麼輕易就饒過你們。」

吹笛子的漁夫

會吹笛子的漁夫有天帶著網子和笛子走到海岸，他在一塊突出的岩石上站定，吹起曲子，心想音樂會吸引魚從海裡跳出來。他繼續吹奏了好一陣子，但沒一隻魚現身。

最後他丟下笛子，將漁網撒進海裡，撈到了一大批魚穫。

魚著陸的時候，漁夫看到牠們在岸上彈彈跳跳，便嚷嚷：「你們這些搗蛋鬼！我吹笛子的時候你們不跳舞，可是現在我都不吹了，你們倒是跳得停不下來！」

農夫和狼

農夫替公牛解開犁具，領牠們到水邊喝水。農夫不在場的時候，饑腸轆轆的狼出現了，走到犁具那裡，為了解飢，迫不及待啃起了連在上頭的長條皮革。最後不知怎的纏進了挽具之中，拚命想要掙脫，一時驚嚇便扯著挽繩，彷彿想拖著犁具一起走。

就在那時，農夫回來了，看到眼前的狀況，嚷嚷說：「啊，你這個老無賴，真希望你可以永遠放棄竊盜，老老實實工作。」

旅人和命運之神

旅人經過長途旅行之後耗盡體力，在一口深井邊緣坐下，最後睡著了。他快跌進井裡時，命運女神向他顯靈，碰碰他的肩膀，警告他離井邊遠點。

「請你醒醒啊，先生。要是你摔進井裡，到時大家怪的不是你自己的愚行，而會怪我這個命運之神。」

天鵝

據說天鵝一生只唱一次歌——就是知道自己即將死去的時刻。

有個男人聽說天鵝之歌的事，某天在市場上見到有人在賣天鵝，便買了一隻帶回家。

幾天後，他請朋友來家裡吃晚飯，把天鵝抱出來，要天鵝唱歌助興。但天鵝一直默不作聲。

久而久之，天鵝逐漸老去，意識到自己的生命即將走到盡頭，於是唱起甜美哀傷的歌曲。

主人聽到了，氣憤地說：「如果這個生物只在死到臨頭時唱歌，我那天還想聽牠來一曲。我真蠢！早該扭斷牠脖子，而不是好聲好氣求牠開口。」

老婦和酒罐

有個老婦拿起一個空酒罐，裡頭原本盛裝罕見且昂貴的酒，此時依然殘存著細緻的餘香。

她將酒罐舉到鼻前，再三嗅啊嗅。

她喊道：「啊，能夠留下這麼迷人的味道，原本酒液的滋味該有多好。」

逃走的奴隸

有個奴隸不滿自己的命運，從主人身邊逃離。

不久主人就發現奴隸不見了，刻不容緩躍上馬背，出發緝捕脫逃的奴隸。

主人追上了奴隸，奴隸為了躲避追捕，便溜進踏車間[15]，躲在裡頭。

他主人說：「啊哈，這地方正好適合你，小老弟！」

哀慟和他的配額

朱庇特正在指派特權給各個神祇時，哀慟湊巧不在場。

可是當其他神祇都取得自己應有的那份之後，哀慟走進來索討屬於他的那份。

朱庇特不知道該怎麼辦，因為已經一無所剩了。

不過，朱庇特最後定奪，替逝者落下的淚水屬於哀慟。如此一來，哀慟就跟其他神祇一樣都享有特權。

人類越是虔誠地向哀慟獻上淚水，哀慟就會更大手筆地賜下更多。因此為了逝者長期哀悼並不恰當。

哀慟這個神祇唯一的樂趣就在這樣的哀悼之中，很快又會賜下其他令人流淚的緣由。

關於得意無法持久

蚊蚋和獅子

有隻蚊蚋去找獅子並說：「我才不怕你呢，我根本不覺得你的力量可以跟我拼比。

你的力量有什麼了不得的？你可以用爪子搔抓，用牙齒啃咬，就像個發脾氣的女人——但也僅止如此。可是我比你強大，如果你不信，我們來戰戰看。」

說完，蚊蚋便衝過去咬獅子的鼻頭。獅子感覺一陣刺痛，急著要打扁蚊蚋，結果把自己鼻子抓得流血，卻完全傷不到蚊蚋，蚊蚋得意洋洋嗡嗡飛走，為了自己的勝利欣喜若狂。

不過，蚊蚋轉眼纏在蜘蛛網上，被蜘蛛逮住並吃掉。

戰勝萬獸之王後，蚊蚋最後成了微不足道小蟲的獵物。

馬和驢

馬對自己精美的轡頭相當得意，在大路上遇見一頭驢。

驢子擔負著笨重的貨物，緩緩挪開讓馬過去，馬不耐煩大喊說牠實在好想踢驢子一記，好催牠動作快一點。

驢子保持沉默，但並未遺忘對方的傲慢無禮。

不久之後，那匹馬患了肺氣腫，主人將牠轉買給農人。

有一天，馬正在拉糞車的時候，再次與驢子狹路相逢，驢子反過來訕笑馬，說：「啊哈！你以前這麼驕傲，從沒想到會有這麼一天吧！以前掛在身上的那些華麗飾品現在都到哪去啦？」

擠奶女工和她的木桶

農夫的女兒出門替乳牛擠奶，腦袋上頂著那桶牛奶，回到了製酪場。

她往前走的時候，心裡在想：「這個桶子裡的牛奶會給我鮮奶油，我可以做成奶油帶去市場賣。

有了那筆錢，我就可以買幾顆蛋，等蛋孵出雞來，久而久之就可以在院子裡養一大堆雞。

賣掉一些雞以後，我就可以拿那些錢替自己買件新衣袍，穿去市集走動走動。

那些年輕小伙子會欣賞它，過來向我示愛，可是我會頭一甩，什麼都不跟他們說。」

她忘了自己頂著木桶，動作呼應念頭，頭跟著一甩。

木桶摔了下去，牛奶全都灑了出來，她在腦海中勾勒的空中樓閣，轉眼煙消雲散！

蛋孵出來以前，別算有多少隻雞。

鷹和公雞

農場院落裡有兩隻公雞，為了決定誰該當戶主而大打出手。

最後落敗的那方走去躲在陰暗角落，勝利的那方飛上畜舍的屋頂，發出精神飽滿的啼鳴。

但老鷹從天空高處瞥見牠，俯衝下來將牠抓走。

另一隻公雞立刻從角落走出來，在沒有競爭對手的狀況下，統治雞棚。

驕傲必敗。

小母牛和公牛

公牛使勁拖著犁具耕田。小母牛走向公牛，以居高臨下的態度，對公牛必須如此勤奮工作表示同情。

不久之後，村裡有場慶典，大家準備慶祝。公牛被放出來到牧草地上自由活動，小母牛卻被抓去獻祭。

公牛面帶陰沉笑容，說：「啊，我現在明白，你之前為什麼可以過得那麼悠閒，那是因為他們早就預計將你送上祭壇。」

守財奴

守財奴變賣了家產，將金子熔成一大塊，偷偷埋在一片田裡。

他每天都過去查看金塊，有時候會花很久時間對著自己的財寶洋洋得意。

有個手下注意到主人常常走訪那個地方，有一天悄悄從側面觀察，發現了主人的祕密。手下等待時機，有天晚上跑去將金塊挖出來偷走。

隔天，守財奴照例走訪那個地方，卻發現財寶不翼而飛，為了自己的損失，他扯著頭髮，頻頻哀嘆。

在這種情況下，有個鄰居看到他，問他碰上什麼麻煩。守財奴跟鄰人說了自己的不幸；但鄰人回答：「不必耿耿於懷，我的朋友；放個磚塊進那個洞裡，每天瞧一瞧，你的狀況也不會比以前更糟，反正黃金還在你手上的時候，你也派不上用場。」

PART II

托爾斯泰的伊索寓言

螞蟻和鴿子

螞蟻想喝水，來到小溪邊。一波水浪將螞蟻往下捲，差點溺死了牠。

鴿子正好啣著一根樹枝，眼見螞蟻就快溺水了，便將樹枝丟進小溪裡給牠。

螞蟻爬上樹枝，挽回了性命。

有個獵人架設了羅網要捕鴿子，獵人即將誘捕到鴿子時，螞蟻爬上獵人的身子，咬了他的腿。

獵人哀哀叫，拋下了羅網。鴿子振翅往上，然後遠走高飛。

龜和鷹

龜要鷹教牠怎麼飛。老鷹奉勸龜不要輕易嘗試，因為龜生來就不是要飛翔的，但龜非常堅持。

於是鷹用爪子扣住龜，將龜往上提，然後鬆爪放開。

龜掉在岩石上，撞得粉身碎骨。

獅子和老鼠

獅子正在睡覺，老鼠踩著牠的身體跑過去。獅子醒過來逮到老鼠。老鼠哀求獅子說：「放我走吧，我會還你的饒命之恩！」獅子嘲笑老鼠竟然承諾要報恩，然後放老鼠走了。

後來獵人抓到獅子，用繩子將牠綁在樹旁。老鼠聽到獅子的吼聲，過來咬穿繩子並說：「你記得嗎？你當時還笑了呢，認為我沒辦法回報，可是現在你看到了吧，連老鼠都有能力報恩的。」

臭鼬

臭鼬走進鐵匠鋪，開始舔銼屑。臭鼬的嘴巴開始流出血來，但牠很高興，繼續舔下去，以為那個血是來自鐵，最後失去了整條舌頭。

騙子

男孩在顧羊，假裝看到狼，開始大叫：「救命！狼來了！狼來了！」

農夫全都跑了過來，結果看到根本沒有狼。男孩這樣做了第二次和第三次，最後狼真的來了。

男孩開始大喊：「來人啊，來人啊！快，狼來了！」農夫以為男孩跟平常一樣又在騙人，於是理也不理他。

狼看到沒什麼好害怕的，於是好整以暇殺光了整群羊。

寒鴉和鴿子

寒鴉看到鴿子被餵得飽飽的，便將自己塗成一身白，飛進了鴿舍。

鴿子起初以為寒鴉跟牠們是同類，便放牠進來。

但寒鴉一時忘我，發出了牠那個族類的叫聲。

鴿子擁上去啄牠，將牠驅逐出去。

寒鴉飛回朋友身邊，但其他寒鴉看到牠一身白，覺得害怕，也將牠趕走了。

驢和馬

男人有一頭驢和一匹馬。

走在路上的時候，驢子對馬說：「我背上的東西好重——我實在沒辦法全部都扛，你至少幫忙分擔一點吧。」

但馬理都不理驢子。最後，驢子勞累過度，倒地而亡。主人將驢子背負的東西都轉到馬身上，還加上了從驢子身上扒下的皮。馬開始抱怨：「噢，我真倒楣，可憐啊，我真是一匹不幸的馬！我之前一點忙也不想幫，結果到頭來，我什麼都得扛，還包括驢子的一身皮。」

女人和母雞

有隻母雞天天下顆蛋。

女主人以為，如果餵母雞吃更多東西，母雞會下雙倍的蛋量，於是便這麼做了。

結果，母雞長得肥肥胖胖，不再下蛋。

獅子、熊和狐狸

獅子和熊拿到了一些肉，開始你爭我奪。

熊不想讓步，獅子也不願投降。

雙方爭奪了如此之久，最後虛弱無力，躺了下來。

狐狸看到了牠們之間的那塊肉，一把抓走，揚長而去。

狗、公雞、狐狸

狗和公雞結伴旅行。夜裡公雞在樹上睡覺，狗在樹根那裡安頓下來。

時間一到，公雞開始啼鳴，狐狸聽到雞啼，便跑到那棵樹前求公雞下來，說想向這麼優美的聲音致意。

公雞說：「你一定要先喚醒守門人──牠就睡在樹根之間，讓牠開個門，我就下來。」

狐狸開始尋找守門人，狺狺吠起來。

狗立刻跳出來，殺死了狐狸。

馬和馬夫

馬夫偷了馬的燕麥，拿去賣錢，但每天清理馬的身體。

馬說：「如果你真心希望我保持良好狀況，別賣掉我該吃的燕麥。」

青蛙和獅子

獅子聽到青蛙呱呱叫，以為嗓門這麼大的是一頭大野獸。

獅子走過去，看到青蛙從沼澤裡跳出來，一掌壓扁青蛙並說：「明明沒什麼，我之前卻那麼害怕。」

蚱蜢和螞蟻

秋季期間，螞蟻貯存的麥子受潮了，於是忙著鋪曬晾乾。

蚱蜢餓了，向牠們討東西吃。

螞蟻說：「夏天期間你為什麼沒採集食物？」

蚱蜢說：「我沒空啊，我那時忙著唱歌。」

螞蟻哈哈笑並說：「如果你在夏天唱歌，那冬天你就跳舞吧！」

母雞和金蛋

有個主人養了隻會下金蛋的雞。

他想要一口氣得到更多黃金，於是殺掉那隻母雞（他以為母雞體內有一大塊金子），沒想到牠就跟其他母雞沒有兩樣。

披上獅皮的驢子

有頭驢子披上獅子的皮，大家都誤以為牠是獅子。

人類和動物紛紛從牠身邊逃離走避。

後來揚起一陣風，獅皮被吹到一旁，驢子暴露了身份。

大夥兒衝過去，痛打這頭驢。

母雞和燕子

母雞發現了蛇蛋，坐上去孵了起來。

燕子看到了便說：「笨蛋！你孵出來以後，等牠們長大，你就會是頭一個遭殃的。」

公鹿和幼鹿

幼鹿有一次對公鹿說：「父親，你的體型比狗大，跑的速度也更快，而且還有巨大的頭角可以自衛，為什麼還那麼怕狗呢？」

公鹿哈哈笑著說：「你說的也沒錯，問題是——我只要一聽到狗吠，還來不及思考就拔腿跑了起來。」

狐狸和葡萄

狐狸看到幾串成熟的葡萄高高掛著，想吃又搆不著，雖然努力嘗試，但怎麼都拿不到。

為了排解自己的惱怒，狐狸說：「那些葡萄還是酸的。」

女傭和公雞

有個女主人老是在公雞啼鳴的夜裡叫醒女傭，要她們開始上工。

女傭發現這樣很辛苦，決定殺了公雞，女主人就不會被吵醒。

殺了公雞之後，她們卻過得比之前更苦，因為女主人生怕自己睡過頭，更早就叫醒女傭。

漁夫和魚

漁夫捕到一條魚。

魚說：「漁夫，放我回水裡吧，你看我還小不嚨咚，你拿不到多少好處。如果你放我走，我會長大，到時你抓到我會更值得。」

可是漁夫說：「傻子才會為了等待更大的利潤，而先讓較小的利潤溜出掌心。」

狐狸和山羊

山羊想喝水，爬下通往水井的斜坡，喝得盡興以後，身體增加了重量。想離開水井卻辦不到，牠開始咩咩叫。

狐狸看到便說：「夠了，笨蛋！如果你腦袋裡的理智，跟你鬍鬚裡的毛一樣多，你爬下去以前，就會先想好到時要怎樣出來。」

狗和牠的倒影

狗嘴裡咬著一塊肉，踩著獨木橋過河。牠在水裡看到自己，以為有另一條狗帶著肉。

牠鬆口掉了自己的那塊，往前衝去，想奪走另一條狗的肉塊：結果另一塊肉不見蹤影，而牠原本那塊肉也被河流沖走，最後這條狗什麼也沒有。

鶴和鸛

農夫撒網想抓踐踏他農田的那些鶴。網子逮到的除了鶴之外，還有一隻鸛。

鸛對農夫說：「放我走吧！我不是鶴。我們是備受敬重的鳥類，我住在你父親的屋頂上。你從我的羽毛就可以看出來，我並不是鶴。」

農夫回答：「你跟著鶴一起被逮到，我會連同牠們一起殺了你。」

園丁和他的兒子

園丁希望兒子習於園藝工作。

他臨終的時候，將兒子叫過來，對他們說：「孩子，我死了以後，去找我藏在葡萄園裡的東西。」

那些兒子以為是寶物，等父親過世以後，便挖遍了整塊地。

他們沒找到財寶，但把葡萄園的土地翻得如此透徹，後來的收成比往年都好。

狼和鶴

狼的喉嚨卡了根骨頭，咳也咳不出來。

狼叫鶴過來並對牠說：「鶴，你脖子很長，把腦袋伸進我喉嚨，把骨頭拿出來吧！我會犒賞你的。」

鶴將腦袋探了進去，拉出那根骨頭並說：「給我獎賞吧！」

狼一臉怒氣，說：「你的腦袋在我的牙齒之間時，我沒一口咬下，這樣的獎賞難道還不夠嗎？」

兔子和青蛙

兔子曾經聚在一起，抱怨牠們的生活。「我們族類死在人類、狗、鷹，還有其他所有獸類的手中。我們永遠活在恐懼裡，受苦受難，死了還比較好。來吧，咱們去投水自盡！」

兔子快步衝刺，準備到湖裡溺死自己。青蛙聽到兔群的聲響，連忙噗通跳進水裡。

其中一隻兔子說：「等等，大家！先別急著淹死自己！青蛙過得顯然比我們還苦：牠們連我們都怕呢。」

父親和他的兒子

有個父親要兒子和平相處，但他們從不聽他的勸。

於是他要兒子將洗浴帚[16]拿來，並說：「折斷吧！」

不管兒子怎麼試，都折不斷。

父親解開那把帚子，要他們各自折斷一根細枝，他們順利折斷了。

父親說：「這個道理也適用在你們身上。如果你們和平相處，沒人征服得了你們。但如果你們起內訌，彼此分裂，誰都能輕易毀掉你們。」

狐狸

狐狸被陷阱困住，逃離的時候扯斷了尾巴。

牠開始想方設法要掩蓋自己的恥辱。

牠將其他狐狸召集起來，懇求牠們割掉自己的尾巴。

牠說：「尾巴是無用的東西。是走到哪裡就拖到哪裡的累贅，根本白費力氣。」

有隻狐狸說：「要不是因為你自己沒了尾巴，你就不會這麼說了。」

這隻無尾狐狸陷入沉默，走了開來。

野驢和家驢

野驢看到家驢，走過去開始讚美家驢過的生活，說家驢的身子多麼光滑，可以吃到多好的飼料。

後來，等家驢身上背負重物時，趕驢人開始用棒子驅趕家驢，野驢說：「不，兄弟，我不羨慕你了：我明白你的生活並不好過。」

公鹿

公鹿到溪邊解渴，在水裡看見倒影，開始欣賞自己的頭角，看到頭角龐大、分枝繁複，然後再瞧瞧自己的腳，說：「可是我的腳削瘦難看。」

有隻獅子突然跳出來，要追捕公鹿。公鹿在開闊的草原上拔腿狂奔，原本即將順利脫逃，但眼前碰見了森林，鹿角不巧卡在樹枝之間。

最後公鹿被獅子逮到，斷氣前說：「我真愚蠢！我覺得削瘦難看的東西拯救了我，我自豪的東西卻造成了我的毀滅。」

蚊蚋和獅子

蚊蚋來到獅子身邊，說：「你認為你比我更強大嗎？你錯了！你的力氣表現在哪裡？以爪子搔抓、用牙齒噛咬？那就是女人跟她們丈夫吵架的方式。我比你更強大：如果你想要，我們來戰戰看！」

蚊蚋做好準備，開始咬獅子光裸的臉頰和鼻子。

獅子用爪子朝臉又拍又抓，傷了自己，最後流血放棄。

蚊蚋開心吶喊，然後飛走了。

後來蚊蚋纏在蜘蛛網裡，蜘蛛即將吃掉牠。

蚊蚋說：「我征服了強大的野獸獅子，卻要死於這隻討厭的蜘蛛手裡。」

馬和牠的主人

菜農有匹馬，馬工作繁重但糧秣很少。於是馬向神禱告，希望換個主人。神應允了。菜農將馬賣給了陶工。馬很高興，但陶工派給牠的工作更重。

馬再次抱怨自己的命運，開始禱告自己能夠找到更好的主人。這份禱告也實現了。陶工將馬賣給了鞣皮工。

馬看到鞣皮場裡的一張張馬皮時，哭了起來。「我真倒楣，我好可憐！要是乖乖待在以前主人的身邊就好了。我被賣來不是為了工作，而是身上的皮。」

狗和狼

狗在院子後側睡著了。狼跑過來想吃牠。狗說：「狼，別急著吃我，我現在瘦成皮包骨，多等一陣子吧——我主人要辦婚宴慶祝，到時我會有夠多東西吃，等我長胖之後再吃我會比較好。」

狼聽信狗的說法，便離開了。後來狼又過來的時候，看到狗躺在屋頂上。

狼對狗說：「怎麼，婚禮辦完了嗎？」

狗回答：「聽著，狼！要是以後又在院子前面逮到我睡著，不用等婚禮來到。」

老人和死神

老人砍了些柴要帶走。

回程路途遙遠，老人漸漸累了，放下背上那捆柴，並說：「噢，我死了算了，要是死神現在可以過來就好了！」

死神來了並說：「我來了，找我有事嗎？」

老人嚇壞了，說：「幫忙將柴捆提到我背上就好！」

獅子和狐狸

獅子年事已高，沒辦法再捕捉動物，於是打算藉由奸計活下去。

牠走進獸穴，躺在那裡裝病。

動物紛紛前來探望，凡是走進獸穴的一律都被吃下肚。

狐狸料中了這個計謀，於是站在獸穴入口，說：「唔，獅子，你感覺如何？」

獅子回答：「很不好，你為什麼不進來呢？」

狐狸回答：「我之所以不進去，因為就足跡看來，很多動物只進不出。」

公鹿和葡萄園

公鹿為了閃避獵人，躲進了葡萄園。

避開了獵人的耳目之後，公鹿啃起葡萄藤上的葉子。

獵人注意到葉子那裡有動靜，心想：「那些葉子底下肯定有動物。」

然後發射槍枝，傷了那頭公鹿。

公鹿垂死時說：「葉子拯救我，我還想吃它們，我真是罪有應得。」

貓和鼠

有間房子鼠滿為患。

貓找路進了那間房子，開始大肆捕捉。

老鼠看到情勢險峻，說：「同胞！我們不要離開天花板！貓上不來。」

老鼠不再下去之後，貓決定用計逮住牠們。

牠用一腿扣住天花板，倒掛下來，假裝自己一命嗚呼。

有隻老鼠探頭看著貓，說：「不，我的朋友，即使你變成一個袋子，我也絕不會接近你一步。」

狼和山羊

狼看到山羊在崎嶇的山坡上吃草，那裡高到搆不到。

於是狼對山羊說：「下來地勢低一點的地方吧！這裡比較平坦，草吃起來也更甘甜。」

可是山羊回答：「你叫我下去不是為了草，狼。你不是為我的食物煩惱，而是為了你自己的。」

蘆葦和橄欖樹

橄欖樹和蘆葦為了誰更強壯、更牢靠而爭吵不休。

橄欖樹嘲笑蘆葦，遇風就彎腰。

蘆葦默默不語。後來起了一場暴風雨：蘆葦左搖右擺，起伏翻騰，彎向地面——一直毫髮未損。

橄欖樹挺著枝椏對抗勁風——最後整棵樹斷裂了。

兩個同伴

兩個同伴步行穿越森林，這時有頭熊朝他們衝來。

一個人拔腿就跑，爬上樹並躲了起來，另一個留在路上，別無他法，只能躺在地上裝死。熊走到他面前，嗅了嗅他，但他憋住了呼吸。熊聞聞他的臉，以為這個人死了，所以走了開來。等熊離開之後，同伴從樹上爬下來，哈哈笑著說：「熊剛跟你說什麼悄悄話？」

「熊告訴我，那些一碰上危險，就從同伴身邊逃開的人，都不是好東西。」

獅子、驢子和狐狸

獅子、驢子和狐狸出門打獵，聯手捕到了不少動物，獅子要驢子負責分配。

驢子平均分成了三等分，然後說：「來吧，拿去吧！」

獅子大發雷霆，吃掉了驢子，然後要狐狸重新分配獵物。

狐狸把那些獵物全部集中成一堆，只為自己留下一小口。

獅子看到之後便說：「聰明的狐狸！你分得這麼好，是誰教你的？」

狐狸說：「可以說是驢子吧？」

狼和羔羊

狼看到羔羊在河邊喝水。狼想吃掉羔羊，於是開始騷擾牠。

狼說：「你把我的水都弄濁了，害我沒辦法喝。」

羔羊說：「我怎麼可能弄濁你的水？我站在你的下游耶，而且我是用嘴唇的尖端喝。」

接著狼說：「唔，那你上個夏天為什麼辱罵我父親？」

羔羊說：「可是，狼，我上個夏天還沒出生呢。」

狼生起氣來，並說：「要辯贏你還真難。不管了，我的胃囊空空如也，我就是要吃掉你。」

獅子、狼和狐狸

又老又病的獅子躺在巢穴裡。所有的動物都來探望萬獸之王，只有狐狸遲遲沒現身。

狼見獵心喜，藉機在獅子面前搬弄是非，毀謗狐狸。狼說：「狐狸一點都不敬重您，連一次都沒來探望國王您。」

狼說這些話的時候，狐狸湊巧路過。聽到這番話，狐狸心想：「等著吧，狼，我會報仇的。」

於是獅子開始對狐狸怒吼，但是狐狸說：「別急著殺我，先聽聽我的說法！而我之前沒來探望您，是因為撥不出空來。我之所以撥不出空，是因為我跑遍全世界向醫師求解藥給您。我剛剛拿到，才過來拜見您。」

獅子說：「解藥是什麼？」

狐狸說：「是這樣的：活剝一匹狼，趁皮還暖烘烘的時候，披在自己身上——」

等獅子攤開狼皮時，狐狸笑著說：「這就對了，我的朋友：應該引導主人行善，而非為惡。」

農夫和水精靈

農夫在河裡弄掉了斧頭，悲傷地坐在岸邊開始哭泣。水精靈聽見農夫的哭聲，心生同情，從河裡拿出一把金斧頭，說：「這是你的斧頭嗎？」

農夫說：「不，不是我的。」

水精靈帶了另一把過來，是銀斧頭。農夫再次說：「這不是我的斧頭。」

接著水精靈拿出了真正的那把。農夫說：「那是我的斧頭沒錯。」

因為農夫誠實無欺，於是水精靈將三把斧頭都送給了他。

回到家，農夫拿那些斧頭給朋友看，告訴他們事發經過。

有個農夫下定決心如法炮製。他到那條河去，刻意將斧頭丟進水裡，然後在岸邊坐下並開始哭泣。

水精靈帶了把金斧頭過來，問說：「這是你的斧頭嗎？」

農夫心生歡喜，連忙喊道：「是我的，是我的沒錯！」

水精靈既沒把金斧頭送他，也沒把原本的斧頭帶回來還他，因為他撒了謊。

渡鴉和狐狸

渡鴉找到了一塊肉，坐在樹上。

狐狸想把肉搶過來，於是仰頭對渡鴉說：「噢，渡鴉，瞧瞧你的體型和美貌——根本是當國王的料！要是你的嗓音很美妙，一定當得成國王！」

渡鴉張大嘴巴，開始卯盡全力嘎嘎叫。

這時肉塊掉了下來，狐狸接住肉塊，並說：「噢，渡鴉！要是你有個好腦袋，肯定當得上國王。」

註解

1 Jupiter，羅馬神話眾神之王，對應的是希臘神話的宙斯。

2 Mercury，羅馬神話中傳遞信息的使者，對應的是希臘神話的赫密士。

3 槲寄生漿果的黏液可以用來製作黏鳥膠。

4 Juno，羅馬神話裡天神朱庇特之妻。

5 Amaranth（主要用於詩詞）這個字的意思是不死之花，是想像中的花卉，永遠不會凋萎。

6 Demades（西元前 380 – 西元前 318），古希臘演說家

7 Demeter，希臘神話中奧林匹斯十二主神之一，司掌農業、穀物和母性之愛。

8 Minerva，羅馬神話中的智慧、戰爭、月亮和記憶女神。

9 Prometheus，希臘神話泰坦巨人之一，創造了人類，並從太陽神阿波羅那裡盜走火種送給人類，為人類帶來的光明，因此受到宙斯（羅馬神話的朱庇特）的懲罰。

10 編註：實際上蝸牛不會發生聲音。這個故事預設蝸牛常會發生嘶嘶聲，因此在危急關頭也做了一樣的事情。

11 Satyr，半人半馬或半人半羊的森林之神，耽於淫慾，放蕩奔放。

12 Plutus，希臘神話中狄蜜特之子，掌管財富之神。

13 這麼說的原因應該是因為蛇會咬人，荊棘會扎人。

14 Attica 是個歷史區域，包括希臘首都雅典市及其鄉村，是個伸入愛琴海的半島。

15 Treadmill，一種依靠人力啟動的古代引擎，藉由踩踏這種輪狀踏車，可以操作起重機並抬起重物，也可用來碾磨穀物或是提高水位。

16 俄羅斯蒸氣浴裡清潔身體用的掃帚，由樹木的細枝捆成一束而成。